夜明けの花園

恩田 陸
【 RIKU ONDA 】

Dreaming Garden

講 談 社

目　次

夜明けの花園

水晶の夜、翡翠の朝

湿原に再び初夏が巡ってくる頃、ヨハンは退屈していた。

この学校に来る目的のひとつであった、素晴らしいスコアのコレクションもほとんど暗譜《あんぷ》してしまっていたし、イギリスのエージェントを介して少しずつ自分の曲を売り出し、学費と小遣いを賄《まかな》うくらいの著作権料を稼ぎ出すようになっていたのだ。著作権ビジネスにはまだまだ研究の余地がある。もし自分が父の跡を継げなかったとしても、自分をそこそこ養っていくくらいはなんとかなりそうだ。

将来の準備は着々と進んでいる。この学校にいるのもあと一年くらいだろう。だとすると、いかんともしがたいのはこの退屈さだ。スコアを読み、高校をスキップして大学受験資格試験の準備のため、あるいはこの先の人生で役に立ちそうな知識を吸収しながらじっくり雌伏の時を過ごすのに、確かにここは最適の場所だったが、十五歳の少年にとって、あまりにも刺激がなさすぎるのもいかがなものか。

ここは優雅な檻《おり》。中で腐るかどうかは、本人の心がけに掛かっている。

彼の重要なパートナーである少女はこの早春、一足先に学校を去ってしまった。今度会う時は、彼女の才能は自分以上に開花していることだろう。その時のことを考えるとワクワクするが、しかしまずは目の前のこの退屈さを何とかしなければ。

彼はぶらぶらと校内を歩いていく。今日は土曜日。そして、彼は校長の家のお茶会に呼ばれている。

午前中は雨が降っていたが、午後になって晴れた。校長の家に向かう長いアプローチの途中からも、青く萌《も》える湿原が見える。一年の半分が冬と言ってもよいこの北の地で、水が温《ぬる》み、なおかつ空の色を映して宝石のように輝くこの季節は、この狭い世界が一番美しい季節である。いつもながら、よくこのような陸の孤島に学校など作ったものだと感心する。ここには金持ちだが訳ありの生徒がひっそりと全寮制の贅沢《ぜいたく》な暮らしを送っていた。

憂理《ゆうり》に言わせると、生徒は三種類に分かれる。「ゆりかご」は超過保護で世間の荒波に当てたくない生徒、「養成所」は芸術やスポーツなど特殊なカリキュラムを必要とする生徒、そして最も多いとされる「墓場」は、文字通りここから出てこないで欲しい生徒。これはあながち冗談ではなくて、実際、ここではよく生徒がいなくなる。教師は転校したと説明するのだが、本当のところ、息をしていない状態でここを出て行ったのではないかと多くの生徒が心の底で疑っている。それが、この退屈な生活に奇妙な緊張感を与えていて、ただでさえ妄想を培養しそうなゴシック風の古めかしい建物に不気味な影を落としていた。

天使のような容貌《ようぼう》を持ったヨハンは外見に反して極めて現実的な少年だが、その彼ですら、時々得体の知れない気味悪さを感じる時がある。

場所が悪い。

彼は遠く浮かぶ尖塔《せんとう》を見上げながら考えた。

この学校が建造された湿原の中にぽつんとそびえる丘は、もともと先住民の遺跡があった場所だというではないか。そんな場所に学校なんかを作る方が間違っているのだ。自分は決して迷信深くはないが、場所というものの持つ力は甘く見てはいけない、と彼は思った。

「ヨハン」

ふと、後ろの方で彼を呼ぶ声が聞こえた。

彼が振り返ると、この三月に転校してきてファミリーに加わったジェイである。ここでは、中学・高校合わせた六学年を縦割りにしたグループがあって、それが「ファミリー」と呼ばれる生活共同体なのだ。

ジェイはヨハンの二つ下。やや繊細さと内向性が目立つものの、ヨハンに劣らぬ美しい少年だ。ここは多国籍の生徒が多いが、彼もハーフらしい。焦茶色《こげちゃいろ》の髪に明るい碧《みどり》色《いろ》の瞳《ひとみ》。フルネームは知らない。生徒たちの複雑な家庭事情を配慮して、ここでは皆、苗字《みょうじ》は使用せず名前だけで呼ばれるのだ。

ジェイは長い距離を駆けてきたらしく、頬を激しく紅潮させていた。

「おい、走って大丈夫なのか」

「平気」

ヨハンの肩につかまって呼吸を整えながら、チラチラと後ろを振り返るジェイを、ヨハンは注意深く見つめた。俯《うつむ》きかげんにした制服のシャツから、小さな翡翠《ひすい》のペンダントが見える。お守り代わりに母親に貰《もら》ったものだと言っていた。彼の目の色に合わせたものなのだろう。

ヨハンは耳を澄まし彼の呼吸を聞く。ジェイは喘息《ぜんそく》持ちなのだ。喘息の発作は何がきっかけになるか分からない。呼吸の乱れや精神の動揺が、突然発作の始まりになるかもしれないのだ。ヨハンは暫《しばら》く待ってから静かに声を掛けた。

「どうした。誰かに追いかけられたのか?」

「なんでもない。最近、おかしなゲームが流行《はや》ってるんだよ」

ジェイは、ようやく顔を上げて弱々しく笑ってみせた。

「おかしなゲーム?」

二人で並んで歩き出しながら、ジェイが答えた。

「うん。知ってる? 『笑いカワセミ』って」


「『笑いカワセミ』? なんだね、それは」

校長が紅茶のカップから顔を上げながらジェイを見た。

「よくは知らないんですけど」

ジェイははにかんだ表情でソファの上で背筋を伸ばした。彼はまだこの館《やかた》の親密な空気に慣れないのだ。校長と言っても、知らない人が目の前に立っている精悍《せいかん》な顔立ちの若い男を見てもその肩書きと結びつけることはしないだろう。スラリとした長身で長髪の彼は、ファッション雑誌のカメラマンと言ってもじゅうぶん通用する洒脱《しゃだつ》さに溢《あふ》れている。カリスマ的な雰囲気は、教育家よりもやり手の青年実業家の方があてはまる。

ヨハンはこのお茶会の常連だった。校長は、自分のお気に入りの生徒や、何か問題を抱えている生徒を、校内の外れにある自分の家のお茶会に呼んで、いろいろと話をするのである。

「多分、ストローの包み紙を折って作ってるんだと思うんですけど、お皿やカップの下に、こっそり白い人形みたいなものを、そのお皿の持ち主に気付かれないように挟んでおくんですね。それで、カップやお皿を持ち上げてその人形に気付いた瞬間、みんなで叫ぶんですよ、『笑いカワセミが来るぞ!』って」

ジェイは顔を赤らめながら話した。自分の話が、校長やヨハンの注目を浴びているのが恥ずかしくて仕方ないという様子である。

「いつ頃から始まったの?」

ヨハンは校長からカップを受け取りながら尋ねた。

「さあ。最近だと思いますけど」

「『笑いカワセミ』、ね。そういえば、昔『わらいかわせみに話すなよ』って歌があったなあ」

校長はソファに深く腰掛けると煙草《たばこ》に火を点《つ》けた。彼が煙草を吸うのはこの部屋だけである。ここは言わば校長のプライベートな場所であり、生徒たちにも若干の無礼講が認められている。

「で、そのあとはどうなるの？」

「別に。みんなが一斉に『来るぞ、来るぞ、おまえを殺しに来るぞ』って囃《はや》すんです」

「おまえを殺しに来る？　そいつは穏やかじゃないな」

校長は眉《まゆ》を顰《ひそ》めた。

「――ひょっとして、あのせいじゃないですか？」

一人掛けのソファで本を読みながら、三人の会話などそ知らぬ素振りだった聖《ひじり》が口を挟んだ。彼はこの春卒業したのだが、秋から留学するのでその間この学校で時間を潰《つぶ》している。数学の英才教育を受けてきた彼は、いきなりアメリカの大学の研究室に入ることが決まっているのだ。ほっそりとして眼鏡を掛け、いかにも秀才然としたその姿には、既にどことなく風格があった。

「あのせいって?」

ヨハンが尋ねた。

「ほら、このあいだ、ひどい悪戯《いたずら》があったじゃないか。一年の生徒がボールを捜しに草むらに入ったら、罠《わな》が仕掛けてあって、お腹《なか》に石が当たった奴《やつ》」

「ああ、あれはひどかった。罠自体は単純なものだったが、罠に踏み込んだら腹部に石が当たるのは確実で、悪意を感じたね。犯人はまだつかまっていないが」

校長は思い出して顔をしかめる。

「あのあと、周りを探して他に罠がないかどうか調べるのに一日掛かった」

「狐《きつね》狩《が》りでもしてるみたいだったよね」

ヨハンは頷《うなず》いた。湿原の遅い春。ようやく根雪が溶け、外で活動できるようになった矢先の出来事だった。茂みの中にさりげなく板が置いてあった——シーソーのように、板の片方を踏むともう片方が持ち上がって、籠《かご》のようになった針金の中から石が飛び出してくるように仕掛けがしてあったのだ。もう少し勢いがあったら、内臓が傷ついていたかもしれない。不運な少年はお腹にあざを拵《こしら》える羽目になったが、数週間で痛みは回復した。

「それで、彼はその時に笑い声を聞いたって言うんだ」

「笑い声?」

淡々と話す聖にみんなが怪訝《けげん》そうな顔になった。

「うん。空の方で、甲高い笑い声が聞こえて、すうっと遠ざかっていったんだって」

「空で? どういうこと? 変な話だね」

「さあね。分からないよ、痛みに驚いていた時にそんな気がしたっていうだけだし。ただ、その話を聞いた生徒で、オーストラリアに住んでた生徒がいたんだね。オーストラリアには笑いカワセミがいて、国鳥に近い存在らしいんだけど、本当に鳴き声が人間の笑い声そっくりなんだって。それで、『笑いカワセミ』の仕業だってことになったらしい」

「聞いてみると結構ばかばかしいね」

ヨハンはいつもながら、学園に流れる噂話《うわさばなし》の根拠のなさにあきれた。閉鎖的な環境の彼らはゴシップに飢えている。中でも、常に疑心暗鬼にさらされている「墓場」組の生徒たちには、潜在的にいつでも流言蜚語《りゅうげんひご》に火を点ける下地ができているのだ。

「でも、なんだか気味が悪いよ。空で笑い声がするなんて——小さい頃、お母さんがそんな話をしてた。田んぼの畦道《あぜみち》を歩いていたら、空で『アッハッハ』っていう笑い声がして、空を見上げたらそこに大きな顔があったって」

ジェイは青ざめた顔で呟《つぶや》いた。その弱々しい口調から、真剣に恐怖を覚えていることが窺《うかが》える。こういうタイプの生徒は危ないな、とヨハンは思った。この学園の持つ古めかしい空気に共鳴して、勝手に恐怖を増幅させてしまいがちなのである。

「その顔ってどういう顔なの？　男？　女？　年寄り？」

聖が興味を示した。ジェイは心許《こころもと》ない表情で首をかしげる。

「ううん、そのどれでもないんだって。強いて言えば、仮面みたいなのかな」

「ふうん、面白いね。それで、そのあとはどうなるの？」

「びっくりして見ていたら、すうっと遠ざかって消えたって」

「なるほど。別に悪さはしないわけね」

「だけど、そういうのが一番怖いよね。何かされるっていうと完全に怪談だけど、そんなふうに意味もなく唐突に現れるのって嫌だよな」

ヨハンがそう言うと聖も同意した。

「うん。因果応報とか、目的があるのならともかく、理由が分からないっていうのは理不尽だね。僕は理不尽なものが嫌いだ。きちんと原因と結果が分かってないと気分が悪い」

「聖らしいね」

その時、突然ジリリリとけたたましい電話のベルが鳴ったので誰もがぎょっとした。

校長がサッと立ち上がって黒い受話器を取る。

暫く沈黙があり、彼の顔色が変わった。

「何?」

その目が鋭くなるのを、少年たちは緊張してじっと見つめている。何かが起きたのだ。

「で、意識は？　取り戻した？　命に別状はないんだな?」

その口調がかすかに柔らかくなった。

「引き続き様子を見てくれ。すぐに行く」

校長は受話器を置いた。そのまま、壁に掛けてあったジャケットを手に取る。

「何かあったんですか」

聖が尋ねた。

校長は無表情に少年たちを見回した。

「また『笑いカワセミ』が出たらしい」


それは、校舎の外れの狭い螺旋《らせん》階段で起こった。

校舎の中央に広い階段があるので、普段はあまり使われない階段であるが、クラスによっては校庭に出る時に女子ロッカーが近いという利点があり、まさに今回被害にあったテニス部の少女はその利点に与《あず》かろうとしていたのだった。

そこは昼間でも薄暗い。少女は急いでいた。後ろからも友人たちが降りてきていたので、さらに急ごうとしていたようだ。が、彼女は階段で足を滑らせた。何か柔らかいものが階段に落ちていて、それをまともに踏みつけてしまったのだ。そして、滑ったとたん、首に針金が引っかかった。その針金は、足を滑らせたら首を引っ掛けるのにちょうどいい高さに、螺旋階段の支柱と照明を繋《つな》ぐようにピンと張られていたのだ。少女の喉《のど》は強く圧迫され、一瞬窒息状態になった。が、少女の身体《からだ》には勢いがついていたため針金が緩んで、外れてしまったのである。その結果、少女は気絶状態のまま階段を転げ落ちたのだった。

後続の少女たちが悲鳴を上げ、近くにいる教師を探した。

幸い少女はうまく受身の状態で転げ落ちたのか、たいした怪我もなくすぐに息を吹き返した。喉にくっきりと赤く針金の跡が付いていたので、教師と他の少女たちは何が起きたのかを理解できたのである。空中には外れた針金がぶらぶらと揺れていたし、少女の一人が、廊下の隅に転がっていた古いゴムボールを見つけ、彼女がこれに足を滑らせたのだということが分かった。

校長が現場に駆けつけると、安堵《あんど》したのか少女たちは次々と泣き出した。

「声がしたのよ！　ミサコが落ちる前に！」

そばかすだらけの顔の少女が叫んだ。

「どんな声だった？」

校長が冷静な声で尋ねる。

少女たちは顔を見合わせた。

「分からないわ――なんだかとっても甲高くって、男か女か分からない」

別の痩《や》せた少女がおどおどした口調で答えた。校長は静かに質問を続ける。

「どこで声を聞いたんだ？」

「窓の外です。ちょうど、この螺旋階段の途中にある窓の外。あたしたち、最初にその声を聞いてぎょっとしたの。そのすぐ後に、ミサコが落ちていくのが聞こえたんだわ」

「声は何と言っていたんだ？」

「さあ——意味の分かる言葉じゃなかった。ひいっというような、わーっというような、おかしな声」

「ミサコの悲鳴じゃなかったのか？」

「違います。だって、あたしたち、同時に声のした方向に振り向いたんですもの。絶対にあれは窓の外だった」

「何か見たか？」

「いいえ。何も」

「『笑いカワセミ』よ！　あれは笑い声だったんだわ！」

そばかすの少女はひどく興奮していた。校長が落ち着かせようとすると、益々《ますます》興奮するようである。

「そう決め付けるものじゃないよ」

後ろで聞いていたヨハンはスッと進み出て興奮した少女の顔を見つめた。

少女はハッとした表情で見る見る赤くなる。ヨハンは、自分が穏やかに相手の目を見て話し掛ければ大抵の少女がへなへなとなって大人しく従うことを知っていた。

「あんまり騒がない方がいい——みんなが不安がるだけだからね」

「そうね——そうかもね。ああ、ごめんなさい、あたしったら、あんまり怖くって」

「無理もないよ」

ヨハンは心を蕩《とろ》かす笑顔で少女に頷いて見せた。少女はもじもじし、媚《こ》びるように笑う。他の少女の顔にかすかな嫉妬《しっと》が浮かぶのを彼は見逃さなかった。

これくらいにしとこう。

「よし。君たち、部活動に戻りなさい。ミサコはもう大丈夫だから」

校長が絶妙のタイミングで口を挟んだので、その場はお開きになった。

「お見事」

寮に戻る道を歩きながら、聖がボソッと呟いた。

「何が？」

ヨハンはとぼけた。

「君の人心掌握術は凄《すご》いよ。いつかは校長になれる」

「まさか」

後ろから黙ってジェイが付いてくる。彼は、一緒に現場に駆けつけたことでますます不安になったらしく生気がなかった。

「どう思う？」

聖が尋ねた。

「どう思うって？」

「関係あると思うかい、二つの事件」

「うーん。どうかな。二つの事件を結びつけるとしたら、笑い声が聞こえたってことくらいだろう？　あの女の子を見れば、それが勝手な思い込みだってことがよく分かるじゃないか。そもそも最初の笑い声だって何の根拠もないし」

「笑い声だけじゃないと思うな」

「二つの事件の共通点が？」

「うん」

「それは何？」

「プロバビリティだよ」

さっと空気が冷たくなった。日が翳《かげ》ったのと、寮の近くの林の中に入ったというのもある。が、ヨハンはなぜかすっと冷たい手で首の後ろを撫《な》でられたような心地がした。

「蓋然《がいぜん》性。見込み。確率。公算」

聖は独り言のように呟いた。

「どちらも特定の誰かを狙《ねら》ったとは思えない。もしかしたら、運良く誰かが引っかかるかもしれない、その程度の仕掛けだ。草むらの中にたまたまボールが転がったから足を踏み込んだだけで、いつまでも罠がそのままだった可能性の方が高い。今度の針金だって、あまり使われる階段じゃなかったし、獲物《えもの》がかかる可能性は低かった」

「何のために？」

「さあね。だけど、その仕掛けを作ってる奴が親切心でやってるわけじゃないことは確かだね。僕らは気を付けなくちゃならない。そいつは誰でもいい。誰かがトラップに掛かることを想像してワクワクしてるだけなんだから」

「まだ続くと？」

「たぶん」

聖は言葉少なに答えた。

「どうして？」

「見たろ、彼女たちの興奮を。みんな退屈してる。みんな、続きが起きることを期待してるからさ」

「なるほど」

ヨハンはもっともだと思った。少女たちだけではない。ジェイのカップの下に紙人形を挟み、一斉に囃したてた少年たちも何か事件が起きることを望んでいる。そして、自分たちも、この状況にスリルを覚えていることは確かなのだ。

遠いところで突然ギャアギャアとカラスが鳴き、三人はハッと空を見上げ、それからバツが悪そうにこそこそと互いの顔を盗み見て目を伏せた。

確かに、まだ何かが起きる。

ヨハンは心の中で確信した。

なぜなら、誰もがそれを望んでいるのだから。


食堂を歩いていると、向こうから憂理が歩いてくる。いつもながらスラリとして姿勢はいいが、普段の無愛想さにますます磨きが掛かっている。彼女は仲の良い少女が転校してしまってから、いつも一人で演劇の稽古《けいこ》に熱中していた。もともと、彼女は根っからの一匹《いっぴき》狼《おおかみ》タイプである。女優の卵は今日もご機嫌斜めのようだ。

「やあ、憂理。ご機嫌いかが？」

ヨハンはわざと茶化して声を掛ける。

憂理は仏頂面《ぶっちょうづら》で返事をした。

「いいわけないでしょう。いいかげんにしてほしいわ、あの奇ッ怪なお遊びは」

「ははあ。やられたね、『笑いカワセミ』」

「なんで分かったの？」

「ほら、肩に」

ヨハンは憂理の肩にくっついていた白い人形に手を伸ばした。

「やだ。もう」

憂理が気分を害して払い落とそうとするのを、ひょいと取り上げる。

「ふうん。これが例のやつか」

「そういえば、あんた、ミステリマニアだったわよね。『笑いカワセミ』の正体は誰？

先週末、聖とあの弱々しいお坊ちゃんとこそこそ歩いてるのを見たわよ」

憂理が思い出したように言った。

「ああ。土曜日の事件は聞いた？　首に針金が引っかかった女の子の話」

「聞いたわよ。ずっとその話で持ちきり。今、食堂でお茶を飲むと、漏れなくこの白いおまけが付いてくるわ」

「なるほど。すっかり『笑いカワセミ』は市民権を得たと」

「そんなとこね」

ヨハンは手の中の粗末な人形を見た。確かにストローの包み紙だ。畳んで結び合わせたもので、人形と言われれば人形に見えないこともないが、言われなければただのぐちゃぐちゃしたかたまりにしか見えない。どちらかと言えば星形のよう。どっちにしても、全くカワセミには関係ないと思うのだが、なぜこれが『笑いカワセミ』に結びついたのだろう？

「おかしな事件だな」

「ほんとに。なんだかイラつくネーミングよね。『笑いカワセミ』なんて。そんな歌があったような気がする」

あれ？　これと同じ台詞《せりふ》をどこかで聞かなかったっけ。

その時、ヨハンは何かが頭の中で弾《はじ》けたようにハッとした。

彼は弾けるように駆け出していた。

「あら、どこ行くのよ、ヨハン」

「図書館」

「待って、あたしも行くわ」

二人で図書館に向かう。生徒数の割りに贅沢《ぜいたく》な石造りの図書館は、曇った空の下にいかめしく聳《そび》えていた。梅雨がないはずのこの地だが、湿った雨の匂《にお》いが辺りの土から立ち上ってくる。

「何よ、何を探してるの」

「うーん。音楽はこの辺か。音楽でいいのかなあ」

「独り言はやめてよ」

「詩かな。それとも民俗学?」

「怒るわよ、ヨハン」

憂理の声が不穏になったので、彼は慌《あわ》てて薄暗い書架の中から分厚い本を取り出した。

「え? 『日本の童謡』?」

憂理の声を聞きながらヨハンは近くの書見台に本を置き、ページをめくる。

かびくさく大きなページはめくりにくく、ヨハンはイライラしながら目的のページを探した。やがて、ぴたりと手が止まる。

「――あった」

わらいかわせみに話すなよ

詞・サトウハチロー／曲・中田喜直

たぬきのね　たぬきのね
ぼうやがね
おなかにしもやけできたとさ
わらいかわせみに話すなよ
ケララ　ケラケラ　ケケラ　ケラと
うるさいぞ

キリンのね　キリンのね
おばさんがね
おのどにしっぷをしてるとさ
わらいかわせみに話すなよ
ケララ　ケラケラ　ケケラ　ケラと
うるさいぞ

ヨハンは背中に戦慄《せんりつ》が駆け抜けるのを感じた。

ざわっと膝《ひざ》から生暖かい震えのようなものが浮き上がってくる。

「——なにこれ」

憂理も気が付いたのか、かすれた声になった。

「ぼうやのおなかにしもやけ？——次はおばさんがのどにしっぷ？　やだ、これって、まるで、今回の二つの事件と同じじゃないの」

「のようだね。少なくとも、仕掛けた奴がこの歌を知ってることは確かだ」

ヨハンは今全身に感じている悪寒《おかん》を押し殺すように答えた。

「三番はどうなってるの？」

憂理がページを覗《のぞ》き込んだ。

ぞうさんのね　ぞうさんのね
おじさんがね
はなかぜ用心に筒《つつ》はめた
わらいかわせみに話すなよ
ケララ　ケラケラ　ケケラ　ケラと
うるさいぞ

「はなかぜ用心？　筒はめた？　これって鼻にってこと？」

「恐らく」

「今度はどういう仕掛けで来るのかしら」

「うーん」

「気持ち悪いわね。でも、少なくとも三番で終わりってことは、そのあとはないはずよね？」

憂理は同意を求めるように不安げな目で見た。

「だといいんだけど」

「何よ、請け合いなさいよ」

「そんなこと言われても」

いつもながら一方的な憂理の言葉に肩をすくめる。しかし、ヨハンの頭ではどこかでアラームが鳴り響いていた。環境のせいで、子供の頃から危険には敏感だった方だが、今回のアラームはかなり大きい方だった。

悪意がある。それも、緻密《ちみつ》で冷静で底知れぬ悪意が。なぜだ？　なぜこの場所で？

ヨハンは無意識のうちに後ろを振り返っていた。

「やだ、後ろなんか見ないでよ。怖いじゃないの」

「ごめん、つい」

憂理の慌てた声に笑ってみせてからも、ヨハンは暫く周囲の様子を窺っていた。


「なるほど、童謡殺人ならぬ童謡傷害事件なわけね」

聖はあっさりと言った。

「あっさり言わないでよ、まだ歌は三番があるんだから。三番目の被害者はあんたかあたしかもしれないのよ」

憂理があきれたような顔で聖の前で仁王立ちになる。

暖かい温室。日差しが日に日に強まってきた時季なので、打ち捨てられた温室の中でも相当暖かい。この球形の温室は、かつては使われていたのだが、今は全く使われていない。誰も手入れをしていないためにほとんど野放しになった観葉植物がしぶとく生き延びて、一種異様な光景を作り出している。しかも、丘の中腹の外れにあり、生徒たちの中にもこの場所を知らない者は多い。

ヨハンたちは、人に聞かれたくない話をする時は自然とここにやってくる習慣になっていた。

「確かに、憂理は危ないな。相変わらず校長の親衛隊に総スカン食らってるみたいだしね」

聖がちらりと値踏みするように見たので、憂理はムッとした顔になる。

「ええと、親衛隊って？」

隅っこで鉄の椅子《いす》に腰掛けていたジェイが恐る恐る尋ねる。

「カリスマ校長のシンパさ。憂理は校長に反抗的なもんで、校長のファンは憂理を目のカタキにしてるってわけ」

ヨハンが答える。

「ふん。悪かったわね。ここに来た時からの因縁の連中なのよ」

「真面目《まじめ》な話、一人で歩くのはやめた方がいいよ。どこかにまたトラップがあるに違いない。こないだみたいに、意識を失ったところをすぐに見つかればいいけど、この学校はいろいろと死角になる場所が多いし、下手するとほんとに命取りになる」

ヨハンが真剣な顔で言うと、憂理はしゅんとした顔になった。

「でも、今度狙われるのは男の子のはずだろ？」

聖が口を挟んだ。ヨハンは鼻を鳴らす。

「そんなの、これまでの二件がたまたま男と女で当たっただけだろ？　わかんないよ。なにしろプロバビリティなんだろ？」

そう言い返すと、「そりゃそうだけど」と聖は口の中でもごもご呟いた。

「嫌んなっちゃう。こんなのでびくびくしてるのはあたしの性に合わないわ。ちょっと、あんたは何をそこでニヤニヤしてるのよ。次はあんたかもしれないのよ」

憂理がぼんやりガラス越しの空を見上げていたジェイをどやしつけた。彼はどぎまぎしたように憂理を見る。

「えっ——こうやって見上げると、水晶の中にいるみたいで綺麗《きれい》だなって思って」

「全くもう。この子、ママのところに戻してやって。今度の健康診断で年齢を確かめてもらうといいわ」

「きついなあ、憂理は」

ヨハンは苦笑した。憂理は憂理である。

「あんたも同じファミリーなんだから言ってやってよ。ここに居続けるのは本当に大変なのよ。この子、わかってるのかしら、ここがどんな場所か。自分の身は自分で守るしかないんだから」

「確かにそうだけど」

ふと、ヨハンの脳裏を何かがよぎった。

今、何か思いつかなかったか？

「なあに、変な顔して」

「ねえ、今なんて言った？」

「はあ？　自分の身は自分で守るしかないんだから、だったと思うけど」

「うーん」

「やあね、それがどうかした」

「いや、なんでもない」

「ねえ、解決するなら早くしてね、名探偵。前にも言ったことがあるけど、あたし、登場人物のほとんどが死んでから解決する名探偵が大嫌いなの」

憂理の言葉に、聖がくすっと笑って独り言のように呟いた。

「――だけど、大きな事件が起きなくちゃ名探偵の出番もないじゃないか」

笑いカワセミ。

何がこんなに引っかかるのか。なぜこんなに邪悪な雰囲気を感じるのか。

ヨハンは校長の部屋でお茶を飲みながら考える。確かにここにはいろいろと不思議なことや隠されたことがあるけれど、このぴりぴりするような不安はどこからやってくるのだろう。その正体がつかめず、彼はいらいらしていた。

「ヨハン」

はっとすると、校長が髪に引っかかっていた白い人形を取り上げた。

「この悪戯《いたずら》はなかなか止《や》まないね」

校長は目の前に人形をつまみあげてしかめ面《つら》をする。

「ええ。どこにいっても、このストロー袋の人形が落ちてて掃除当番が文句を言ってます」

やれやれ、こんなものをくっつけられたことに気付かないなんて。僕も焼きが回ったな。

ヨハンはがっくりきた。

ジェイは打ち解けた様子で聖と談笑していた。引っ込み思案なのを心配して、お茶会に何度か連れてきたのが正解だったようだ。

「気になるね。私もちょっと調べてみる」

「何を？」

校長の言葉にヨハンはきょとんとした。

「ちょっとばかり思いついたことがあってね」

校長の表情は硬い。

「用心した方がいい」

校長はそっと耳打ちした。

彼は何を言っているのだ？

ヨハンは反射的に校長の顔を見たが、彼はもうそ知らぬ顔で聖たちと会話を交わしているのだった。

じりじりと何かが起きるのを待っていたような校内の雰囲気が飽和状態になっていた初夏、それは午前中に健康診断が行われた明るい昼間のことだった。

朝食抜きで検査が行われたので、いつもより空腹な生徒たちがわいわいと食堂に駆け込んでくる。なんであれ検査というのは緊張するものだ。緊張から解放され、食堂はほっとしたような喧騒《けんそう》に包まれていた。

テーブルのあちこちで悪戯が始まっていた。ストローの袋が次々と膝の上で折られ、カップや皿の下にサッと押し込まれる。

「笑いカワセミが来るぞ！」

「次はおまえだ！」

熱っぽい喚声《かんせい》がそこここで響く。フォークとスプーンがかちゃかちゃいうざわめきが音楽のように辺りを埋める。

ヨハンは、彼を追いかけている女の子たちに囲まれて食事をとる。彼は自分のアイドルとしての務めを自覚しているので、如才なく少女たちに笑顔を振りまき、他の少年たちにも心地よい話題を提供する。

いつも通りの食事。しかし、ヨハンは、どことなく嫌な空気が肌にまとわりつくのを感じていた。危険信号。これはどこから来るのか？　単なる思い過ごしか？　なんだか食欲が湧《わ》かず、スープに手を付ける気がしなかった。

いつも通りの食事。だが、暫く経《た》つと、どことなく様子が変になってきた。明るいパワーに満ちた喧騒が、少しずつ変化している。

一緒のテーブルについている女の子たちの顔が引きつってきた。

ヨハンは辺りを見回す。何かがおかしい。

そのうちに、喧騒はどよめきになった。ざわざわと異様な雰囲気が広がっていく。

向かいに座っていた女の子の手から、ぱしゃんと音を立ててスプーンが落ちた。その顔が苦痛に歪む。

「くっ」

「苦しい」

「どうしたの？」

苦しみ始めたのは彼女だけではなかった。

他のテーブルでも苦悶《くもん》に満ちた声が上がり始めた。あちこちで、腹を抱え、食べたものをもどしている生徒がいる。

「何?」

「スープに何か入ってる」

「嘘《うそ》」

みるみるうちに食堂は阿鼻《あび》叫喚《きょうかん》の様相を呈し始めた。立ち上がり、悲鳴を上げる生徒もいる。苦しんでいる生徒と、パニックを起こした生徒との叫び声が入り混じり、残りの生徒たちに混乱が伝染していく。

「助けて!」

「いやーっ」

少女たちが悲鳴を上げ、食堂を飛び出し始めた。みんなが恐怖に駆られ、続けて逃げ出そうとする。がたがたと椅子の動く音が雷鳴のように部屋に鳴り響いた。

「こいつだ! こいつが毒を入れやがった!」

どこかで怒号に近い叫び声が上がった。みんなの視線がその声に引き寄せられる。身体《からだ》の大きな上級生が、ジェイの腕をつかんで高く差し上げていた。その手には、小さな薬瓶のようなものが握られている。

ジェイは真っ青で、必死に左右に首を振っていた。

「違う！　これは喘息の薬で」

「俺は見たぞ！　スープ鍋《なべ》のところでこそこそ何かしてただろうが！」

「違います！　苦しくなって薬を吸おうとして」

ジェイは悲鳴のような声を上げたが、みんなの氷のような視線に気付いてびくっと全身を硬直させると、やがてわなわなと震え出した。大きく見開かれた目には、うっすらと涙が浮かんでいる。

「ちがう」

彼はもう一度振り絞るような声で言うと顔を背《そむ》けた。

上級生たちはいよいよ興奮する。

「縛って警察に突き出せ！」

「どこかに閉じ込めておけよ」

凶暴な光とエネルギーが、周囲の生徒の目に溢れている。

「待って！　ジェイがそんなことをするはずないよ」

ヨハンは努めて冷静な声で彼らの前に走り出た。彼らの凶暴な光が自分に向けられるのを痛いほど感じる。

たちまち矛先は彼に向けられた。

「邪魔すんな」

「ファミリーだってかばいだてするのは許さないぜ」

怒号に耳を貸さず、強い瞳で見つめ返す。

「その瓶を調べてみればいい。ここから動くのはまずいよ。具合の悪い生徒は介抱しなきゃならないけど、なるべくこのままの状態にしておいた方がいい。でなきゃ誰かが証拠隠滅するかもしれない」

ヨハンはぴしりと言った。

「みんな動かないで。よく周りを見て。今、校長先生と看護師を呼んでくる。具合の悪い人は上着を敷いて床に寝かせてやって。吐いたものを喉に詰まらせないように注意していて」

ヨハンはぐるりと食堂を見回し、凍りついたようになっている生徒たちに厳しい視線を向け、みんなが自分の指示に従う気配を見て取ると、職員室に近い扉に向かって素早く駆け出した。

が、パッとドアを開けた瞬間、ゾッとするような何かを感じた。

しまった、罠だ！

足に何か綱のようなものが引っかかっていた。

上から何か重くて大きなものが崩れ落ちてくる気配。

彼は無意識のうちに伏せながら床に素早く転がっていた。

ガラガラガシャーンというすさまじい衝撃に、頭を抱えてうつぶせに転がる。

空気が震え、床も揺れた。

響き渡る悲鳴。ばらばらと髪に降りかかってくるガラスの破片。

何が起きたのか分からなかった。

「ヨハン！」

「大変、煙突が」

「医者を呼べ！」

辺りが静まってからヨハンはゆっくりと顔を上げた。

食堂のストーブに繋がっていたはずの、廊下の天井に張り出したブリキの大きな煙突が落ちて、廊下の窓に突き刺さっていた。ヨハンが引っ掛けたロープが煙突を引っ張り、引きずり落とすように細工されていたらしい。ただロープで引っ張ったくらいで丈夫な煙突が落ちるはずはないから、切れ目か何かを入念に入れておいたのだろう。もう厳寒の時季は過ぎたので、食堂に入っているのは空調だけ。食堂の職員室に近い通路は前の事件の階段と同じく使用されることはほとんどないから、罠を張っておくには好都合だったのだ。

ぞうさんのね　ぞうさんのね
おじさんがね

はなかぜ用心に筒はめた

脳裏にあの一節が蘇《よみがえ》る。

畜生。なるほど、はなかぜ用心――健康診断か。しかも、筒が落ちてきたってわけだ。

気がついてみれば至極単純なことじゃないか。

ヨハンは舌打ちして、のろのろと身体を起こした。心臓も頭もどくどく鳴っている。

馬鹿野郎《ばかやろう》、今度こそお陀仏《だぶつ》になっても不思議じゃなかったぞ。

彼は激しい怒りを覚えた。

「ヨハン、大丈夫?」

「怪我《けが》しなかった?」

女の子たちが食堂からこちらを覗いている。

「大丈夫」

ヨハンは笑顔で手を振って、シャツの腕についたガラスの破片を手で払った。

食堂の照明にともされ、床に落ちる破片がキラキラ光っている。

ふと、ヨハンは手の動きを止めた。

まじまじと袖《そで》についたガラスの破片を眺める。

頭の中に閃光《せんこう》が走ったような衝撃に、かあっと全身が熱くなった。

そうだったのか。

ヨハンは愕然《がくぜん》とした表情で顔を上げ、窓に刺さった煙突を見た。

みんながそんなヨハンを怪訝そうに見守っている。


「やっぱり転校しちゃうんですってね、ジェイ」

温室で、憂理が当惑した声で言った。

聖とヨハンは無言で憂理の顔を見る。

ジェイはあの一件以来、体調を崩して寝込んでいたのだ。

「やだなあ。なんだかあたしの言ったとおりになっちゃったわ。ママのところに戻れって——そんなつもりじゃなかったのに」

どことなく元気がない。

「そんなことは、ジェイだって分かってるよ」

ヨハンは励ますように言った。憂理は鼻っ柱は強いけれど、実際はナイーブで面倒見がいいのだ。

「四ヵ月っていうのはうちでも短い方じゃない?」

聖があっさりと言った。

「そうねえ。あの一件、やっぱショックだったのかな。みんなが冷たい目で見てた時、目に涙浮かべてたもんね。あいつが悪いのよ、あの上級生。あんなタイミングでジェイを締め上げなくったって」

「結局、濡《ぬ》れ衣《ぎぬ》だって分かったしね」

ジェイの持っていた瓶を調べたが、結局喘息の薬しか入っていなかったし、苦しんだ生徒のほとんどは軽症だった。何人かは点滴を受けて数日様子を見ていたが、入院するような状態の生徒はいなかったのだ。あれが毒だったのかどうかも分からない。医師たちが調べていたが、食中毒だったのではないかという意見に傾いているようだ。

「今回も外側の人間は入らなかったわね」

憂理は皮肉っぽく言い添えた。

この学園で、中で起きたことが表沙汰《おもてざた》になることはまずない。今回も、学者と医療チームがやってきたが、学園内でいろいろ調べてはいたものの、結局いつのまにかいなくなっていた。警察や保健所が介入した様子もない。校長のところにだけ、全《すべ》てのデータが残っているのだろう。そして、ここでは生徒たちがそのことに不満を訴えることもない。学園の中で起きたことは学園の中で処理されるのが不文律になっているのだ。ここでの暮らしが長くなると、そのことに疑問を抱くこともなくなるのだから恐ろしい。

「なんだか淋《さび》しいわ。珍しく素直な人材だったのに」

「憂理、正直に言えば？　ほんとはジェイが気に入ってたって」

「あら、違うわよ」

聖に指摘され、憂理はかすかに顔を赤らめた。

ヨハンは憂理の赤い顔と、曇った温室の丸い天井を見ながら、じっと長い間一人で考えこんでいた。

校長の家から、小柄な少年が出てきた。

玄関口でぺこりと頭を下げ、大きなトランクを持ってのろのろと歩いてくる。

少年は、道の途中で待っているヨハンに気付いたようだ。はにかんだ笑み、しかしどこか弱々しく淋しい笑みを浮かべて小さく会釈《えしゃく》する。

「トランク、門のところまで持ってあげるよ」

ヨハンは少年の手からトランクを取り上げた。

「あ、ありがとう」

ジェイは感謝の目でヨハンを見上げた。ヨハンは小さく笑うと手を差し出した。

ジェイはおずおずと手を差し出し、握手しながらかすかに顔を歪《ゆが》めた。

「残念だな。仲良くなれそうだったのに」

ヨハンは静かに言った。ジェイは無言で頷く。

「うん。僕も残念だよ。こんなふうに別れるなんて」

二人で、前を見たまま暫く黙って歩く。

「そうだね。だけど、歌も三番まで使ってしまったしね」

ヨハンのさりげない言葉に頷きかけて、ジェイはハッとした表情になった。

「もうあとはない」

ヨハンは乾いた声で呟く。

ジェイは探るような表情で恐る恐るヨハンの顔を見る。

「そうだろう？　ジェイド。君が『笑いカワセミ』だね？」

ジェイはぴたりと足を止めた。

冷たい視線が自分を射るのを、ヨハンは正面から受け止める。

二人は石畳の途中で向かい合っていた。

ジェイの顔は、それまでのはにかんだ弱々しい表情ではなく、どことなく鋭い光を帯びたものに変わってしまっている。

「ジェイド――翡翠（ＪＡＤＥ）だね。僕は馬鹿だったよ、君はずっとヒントをくれていたのに」

冷たい沈黙が降りた。

「なぜ、僕が？」

ジェイは無表情だった。

ヨハンは小さく首を傾け、口を開いた。

「カワセミには、川の蟬《せみ》という文字を当てる以外に、翡翠という字を当てる場合もあると気付いたのさ。その羽の色から連想してね」

「だから、僕が、『笑いカワセミ』だと？　あまり説得力がないと思うけど」

「ほんとに僕は馬鹿だった。すっかり平和ボケしちゃってたよ。君もそのことに気付いてたからこそ、いつもヒントをくれてたんだろうね。僕のことを舐《な》めてたのかもしれないけど、そこのところは本当はどうだったのか僕には分からない」

ヨハンは前を向いて歩き出した。ジェイも渋々歩き出す。

ヨハンの脳裏には、校長の部屋で、髪に付いていた人形を取り上げられた時の光景が浮かんでいる。気付かないわけがない。自分に気付かれないようにあんなものをくっつけられるのは、子供の頃自分と同じような教育を受けた者だけだと、あの時気付くべきだったのだ。

「君は随分ヒントをくれた。君が狙《ねら》っているのが僕であることを遠まわしに教えてくれていた。自分の名前が翡翠であること、つまりカワセミであることを気付かせようと、温室が水晶に見えるなんて話をして。僕は作曲家だから、そのうちカワセミの歌に気付くだろうと手の込んだ見立て事件を演出したのかい？　幾らでもチャンスはあったのに、わざわざこんな面倒くさいことをするなんて、僕を試してみたってわけ？」

ジェイは小さく肩をすくめただけで、何も答えようとはしない。

ヨハンは勝手に喋《しゃべ》り続けた。

「あの見立て事件は、聖はプロバビリティの事件だなんて言っていたけど、実際のところはそうでもない。最初の事件――お腹に石をぶつけられた少年が、君の共犯者であればかなり簡単にできる事件だ。悪戯だからと言って頼んだのかどうかは知らないが、君が『笑いカワセミ』を流行らせるためにもっともらしい理由をつけたんだろう。どちらにしろ、退屈してる連中は多いから、君の申し出を断らなくても驚かない――そう、どう考えてもわざわざあの草むらの特定の場所に足を突っ込むなんていうのは難しい。空で笑い声が遠ざかっていったなんてのもだ。だが、被害者の少年がそう言いたてれば、第一の事件は決して難しくない。実際、彼の協力によって、『笑いカワセミ』は市民権を得る。第二の事件はもっと成功する可能性が高い。窓の外で叫んだのは、最初の被害者の少年だろう。笑い声に似た甲高い声を立てれば、その声が誰かを特定するのは難しいし、第一の事件と共通点があるように見せかけられる。そして、第三の『笑いカワセミ』で、煙突の下敷きになって死者が出るというわけだ」

ジェイの横顔は無表情のままだ。ヨハンは視界の隅で、彼の硬い表情を感じている。

ヨハンは話し続けた。

「だけど、実は、第三の事件になって初めて、『笑いカワセミ』は意味を持ってくるんだな。あのストローの袋の人形を流行らせたのも君だろう?」

ヨハンはちらりとジェイを見た。しかし、その横顔は動かないし、表情も変わらない。

ヨハンは続ける。

「僕は、なんであんな人形が『笑いカワセミ』と結びつけられたんだろうと不思議に思っていた。せめて、鳥の形でもしているのならまだしも。だけど、別になんでもよかったんだ。床に白い紙の塊《かたまり》がいつも散乱している状況さえ生み出せるのであれば」

今度こそ、ジェイの表情が凍りつくのが分かった。

ヨハンは自分の話に自信を覚える。

「君はわざとあの上級生の前で、喘息の薬の瓶を見せたね？」

「なぜそんなことをしなきゃならないんだい？」

ようやくジェイが口を開いた。その口調は落ち着き払っている。

ヨハンは小さく笑った。

「その理由は二つある。一つは、あの上級生に君が締め上げられるため。もう一つは、君の薬の瓶に毒が入っていたと思わせるため」

ジェイは処置なしというように小さく首を左右に振った。

「言っている意味がよく分からないな。僕にも分かるように説明してくれないか」

「そうか。じゃあ説明しよう」

ヨハンはおどけた口調で口を開いた。

「君がなんの薬を使ったのかは知らないが、薬が入っていたのは瓶じゃない。薬、包、紙だ」

ヨハンの脳裏に、食堂の床に散乱したストローの袋の人形が浮かんだ。

「君は瓶を見せ、薬が入っていたのは瓶だという印象をみんなに与えたかった。床に散乱している紙の中に、君が幾つか使った薬包紙が紛れこんでも見つからないようにするためにね。君は、薬の入った薬包紙を持っているわけにはいかなかった。上級生につかまったら、身体検査をされるのは分かっている。薬の痕跡《こんせき》が残っているかもしれない薬包紙を身につけているのはまずい。君は、瓶だけが調べられる予定だった。瓶の中に喘息の薬しか入っていないことが分かれば、無罪放免になるからね。だから、薬包紙は上級生につかまる前に床に捨てておかなければならなかった。そして、君はどうしてもあそこで上級生につかまらなきゃならなかった」

ヨハンは語気をかすかに強めた。

「なぜだと思う?」

そう。彼はヨハンの性格をよく把握していたのだ。

「僕に止めに入らせ、校長を呼びに行かせるためさ。よく僕の行動を予測できたもんだと誉めてあげたいよ。職員室への近道はあのドアを使うだろうし、あの状況でみんなを止められるのは恐らく僕しかいなかっただろうからね。光栄に思うよ」

ヨハンが籠《こ》めた皮肉が通じたらしく、ジェイが唇の端に冷笑を浮かべるのが分かった。

「そして、この僕は、哀れ『笑いカワセミ』の歌の三番の歌詞の通りに煙突の下敷きになる予定だったというわけさ」

二人はそれぞれの思いに浸りながら無言で歩き続けた。遠くに門が見えてきて、黒塗りの車が待っているのが目に入った。

ジェイは小さく長い溜息《ためいき》をついた。

「――チャンスだったのになあ。あんた、ちっとも気付かないんだもの。第一候補と言われていたから楽しみにしてたのに」

低く呟いた声は、すっかり別人のものだった。

陸の孤島。優雅な檻。この学園から出ることはとても難しい。それは、とりもなおさず、外からここに侵入するのが難しいということでもある。ヨハンはそのためにここに来た。

自分の身を自分で守るために。もっとはっきり言うと、彼を追ってくる刺客から身を守るために。

ヨハンはそのことについて改めて考える。

うかつだった。新たな転入生は、注意することにしていたのに。

「油断していたのは認めるよ」

ヨハンが認めると、ジェイは低く笑った。

「確かにあんたは平和ボケしていたね。スープを飲まなかったのは誉めてあげるけど。でも、あそこでスープを飲まれていたら、そのあとの計画が台無しだった」

「あの時は嫌な予感がしたんだ。土壇《どたんば》場で本能が蘇《よみがえ》ったって感じだね」

そう答えてから、ヨハンはジェイの顔を覗き込む。

「君をここによこしたのは誰だい？　ニコラ叔父さん？　ジェシー叔母さん？　それとも他の誰かかい？」

ジェイはむっつりと首を振った。

「それは言えないよ。それでなくとも、今回失敗してしまって、僕の信用はガタ落ちだ。さっさと最初に仕留めておけばよかった」

ジェイは悔しそうな口調になった。

二人は黙り込む。

ヨハンたちは生まれた時から争っている。

ヨハン。天使のような容貌《ようぼう》を持つこの少年は、闇《やみ》の帝王の息子でもあった。ヨーロッパを牛耳《ぎゅうじ》るユーロ・マフィアの跡取を目指し、多くの子供たちが生存競争をしている。それだけの価値があるほどその財産は莫大《ばくだい》であり、後を引き継ぐのも、維持するのも、並大抵のことではないことを誰もが知っている。

「この次会う時は失敗しないよ」

ジェイは門の外の運転手に小さく手を振りながら、負けん気を覗かせてヨハンを振り返ったが、小さくよろけた。

「この次？　この次はないよ」

ヨハンはにっこりと少年に微笑《ほほえ》みかけた。

ジェイは怪訝そうな顔でヨハンを見る。

ヨハンは目を細めてジェイを見た。

「そう。君はさっさと僕を仕留めておくべきだった。あんな長いこと小細工などしないでね。教えてくれよ、なぜあんな見立て事件なんかにしたんだ？」

「ふん。あんたがどの程度の勘を持ってるか知りたかったのと、あとは」

「あとは？」

「退屈してたからさ」

ヨハンはあっけに取られた。

ジェイは小さく鼻で笑う。

「こんなど田舎、何もなくてつまんないよ。あんただって退屈してただろ？　僕もさ。だから」

ヨハンはあきれ顔をしつつも大きく頷いた。

「確かにそうだ。ここは退屈だ」

「変だな、力が入らない」

ジェイは門をつかもうとしたが、手が震えていた。混乱した顔でヨハンを見る。

ヨハンは溜息をついた。

「言ったろ、この次はないって。チャンスがある時に全てを済ませておくのが肝心さ。

まだ気付かないの？　さっき、僕と握手した時、君、顔をしかめたの覚えてる？」

ジェイはハッとしたように右手の掌《てのひら》を見た。かすかに血の玉が浮かんでいる。

「僕は君みたいに効いたか効かないか分からないような毒は使わない。きちんと効く毒を使うのさ」

ヨハンは自分の掌を開いてみせた。薬指にはまった、小さな針が付いた指輪をジェイに見せる。

ジェイの顔に、脂汗《あぶらあせ》が流れ出した。大きく目が見開かれ、口をパクパクさせる。

「あ――あ――そんな、馬鹿な」

信じられない、という喘《あえ》ぎ声が漏れる。

ジェイは驚いた表情のまま、ずるずると門にもたれかかって崩れ落ちた。

「君は命の恩人だよ。用心するってことを思い出させてくれたからね。サンキュー、ジェイド」

そう呟いたヨハンの言葉が、彼の耳に届いたかどうかは分からない。

ヨハンは動かなくなったジェイを暫く見下ろしていたが、やがて顔を上げて門の向こうの運転手に合図する。

小さく頷いて、帽子を目深《まぶか》にかぶった男が車のトランクを開け、門を開けた。

「ご苦労様」

「お元気そうで。坊ちゃん」

トランクの中には、ジェイを迎えに来た運転手の死体が入っていた。ジェイがヨハンを消すのに失敗した事実が知れるのは、なるべく遅れた方がいい。

「手間かけるね。よろしく」

「お任せを。坊ちゃんの早いお帰りをお待ちしてますよ」

運転手は目配せをして、ジェイを軽々と抱き上げてトランクに入れ、ばたんと蓋《ふた》を閉めた。

車のエンジンの音を聞きながら、ヨハンはじっとジェイが遠ざかるのを眺めていた。

「どうやら済んだようだね」

後ろから低い声が聞こえる。

ヨハンは「ええ」と頷いて静かに振り返った。

寛《くつろ》いだ表情の校長が立っている。

ヨハンはぺこりと頭を下げた。

「助かりました。ジェイに喘息の病歴はないと調べてくださったおかげで、なんとか真相に気付けたんですから」

「こちらこそ助かったよ。学園の平穏を乱す人間は消えてもらった方がありがたい。それに、何より私は君のファンなのでね。君を殺そうなんてとんでもない」

「ありがとうございます」

二人は門に背を向け、ゆっくりと歩き出した。

「どうだね、うちで紅茶でも？」

校長が提案した。ヨハンはにっこり笑う。

「いいですね。いただきます」

二人は何事もなかったかのように、最近読んだ本について語り始めた。

いつものように、ゆったりとした時間が流れている。

ここは陸の孤島。静かな学園の午後。今日もヨハンの平穏な日常は続く。

麦の海に浮かぶ檻

待っている。

彼は、待っている。

一年ぶりにやってくる彼の娘を。彼の城、彼の世界であるこの麦の海に浮かぶ城に、優雅で静かな青い檻《おり》に、彼女を迎える時を待っている。

思いもよらぬ事故から一年。彼女の中で何が起こったのか、母から伝え聞いてはいたものの、まだ自分の目で確認するまで信じられなかった。なにしろあの娘、彼が期待する「あの」娘なのだ。油断してはならない。じっくりと観察しなくてはならない。

彼は思い浮かべる。

彼が今いる城、北の原野の湿原に浮かぶ、岩山に貼り付いた古く美しい建物を。

かつては聖地と崇められ、やがてその地にわずかな者たちで修道院が造られた。その建物が巡り巡って、今は彼の王国、彼の学校になっている。

この学校の存在は、一般的には知られていない。しかし、その特殊な環境と特徴とで、実は内外の特定の富裕層には広く知られている。

ここは贅沢な檻だ。そして、美しい檻。ここから出ることはできない。彼の目から逃れることはできない。ここは、彼のものだ。

檻の中にいることを自覚する者はいても、そのことに抗える者は少ない。ほとんどの者は、そのことに慣れ、受け入れていく。

まれに、受け入れられない者もいるが。

彼は、校長室の隣にあるクローゼットルームに入った。

スーツを手に取ろうとして、ふと、かつてここから本気で逃亡を試みた子供たちがいたのを思い出した。

あの子たちは、ここを拒絶した――檻の中にいることに抗った――ここから逃れようと試みた。

そう、あれはいつも新たな者がやってくる、春まだ浅い三月――

*

二人は期待していた。

今年は、ファミリーができる。

要《かなめ》と鼎《かなえ》は、その日を待ちわびていた。

いわゆる中高一貫の六年制であるこの学校は、全校生徒の人数を合わせても大した数ではない。

全学年の縦割りで「ファミリー」と呼ばれる班を作っているのだが、各学年の人数がまちまちなので、通常男女六人ずつ、計十二名で構成されるはずの「ファミリー」の数を満たさないことがままあるのだ。

要と鼎が入った年は、たまたま二人の学年だけ人数が他学年よりも多く、変則的に同学年の二人きりで「ファミリー」を名乗ることになってしまった。二人は男女の双子だから、「ファミリー」なのは当たり前で、なんの変化もない。結束の固い、仲良しの二人ではあるが、さすがにずっと一緒では飽きる。

今度新入生がやってきたら、自動的に「ファミリー」が増えることは間違いなかった。

どんな子だろう？

二人は毎日その話をしていた。

男の子か、女の子か。歳《とし》はいくつか。

この学校は、転入や編入も多いので、何歳の子がやってくるのか分からない。入学から卒業まで、きちんと六年間ここで過ごすのは半数くらいだろうか。

ただ、いつも入ってくるのは三月だ。なぜかは知らない。この学校には、不思議な習慣がいくつかあって、その理由はよく分からない。

岩山に貼り付くように建てられている全寮制の学校は、とても穏やかで居心地がよかったけれど、自分たち生徒が囚人のように感じられるのも事実だった。外界と連絡を取る手段は限られているし、外出は許されていない。

二人はしばしば、じっと部屋の窓から眼下に広がる湿原を何時間も眺めていた。

自分たちがここにいる理由。

口には出さないが、そのことについて考えていることは互いに承知していた。

そして、ついにその日はやってきた。

いつものスーツで決めている校長が、一人の女の子を連れてやってきた。

「タマラだ。今日から、君たちと一緒のファミリーに入る。仲良くしてやってくれ」

二人とも、校長の言葉は耳に入っていなかったように思う。

要も鼎も、現れた瞬間から彼女に目を奪われていたからだ。

タマラ。

ここでは、苗字はない。皆、名前だけで呼ばれる。それぞれの素性が分からないように、苗字は伏せているのである。

ほっそりとした少女。

色は陶磁器のように白いのに、漆黒の髪はどこまでも黒かった。それが緩やかにウエーブして肩から流れ落ちている。

名前からして、ハーフなのだろう。どこか南欧系の香りがした。

目は焦げ茶色。

なぜか、彼女には張り詰めたような緊張感が漂っていた。

暗い、というのではないのだが、どこかに影が差しているような。

しかし、その影は、彼女の美しさを全く損なわないどころか、むしろ引き立てていた。なんともミステリアスで硬質な空気をまとっていて、つい目が引き寄せられてしまう。

タマラは「よろしくお願いします」と低い声で呟き、小さく会釈した。

要と鼎が思わず歓迎の意を示すため近付こうとした瞬間。

空気に稲妻のようなものが走った。

タマラはサッと凍りついたように表情を強張らせ、あとずさったのである。

その様子に驚き、二人は反射的に立ち止まってしまう。

「そうそう、気をつけてやってくれ」

校長がさりげなく付け足した。

「タマラは、人と接触するのがダメなんだ。接触恐怖症とでもいうのかな——そこのところ、理解してほしい」

要と鼎はチラッと顔を見合わせた。

タマラは俯き加減に目を落とすと、「じゃあ、部屋に行きます」と独り言のように呟いた。

二人きりになった時、要が尋ねた。

「どれだと思う？」

「どれというのは？」

鼎が聞き返す。

「ほら、あれだよ。ゆりかごか、養成所か、墓場か」

「うーん。どうだろう。もしかして、もうひとつかも」

「もうひとつ？」

「療養、よ」

「ああ、そうか」

この学校の特殊なところは、さまざまな背景を持った子が集まることだ。それぞれの事情に合わせ、個々のプログラムが組まれている。

「ゆりかご」は文字通り、厳しい世間に触れさせず、温室のごとき環境で過ごすためにやってきた子。「養成所」は芸術やスポーツなど、特化した活動をしている子。そして、「墓場」は、なんらかの事情で親と一緒に過ごせない、あるいはその存在すら世間から隠されている子だ。

編入してくる生徒に「君はどれ?」と尋ねるのが、伝統的な習慣になっていた。

そして、実はもうひとつ、囁かれているものがあった。

生徒たちには知らされていないし、誰も足を踏み入れたことはないが、この学校のどこかに医療棟のようなものがあって、精神を病んだり、療養を必要とする者はそこに入っているというのである。

「でも、療養だったら、最初からそっちに行くだろう」

「それもそうね」

鼎は肩をすくめ、思い出したように溜息をついた。

「すごく綺麗な人ね。歳はいくつなんだろう。あたしたちよりも上かしら?」

「大人っぽかったよね。でも、ヨーロッパの血が入ってると大人っぽく見えるから、もしかしたら下だったりして」

「かもね。ゆっくり話したいなあ」

鼎のうっとりした表情に、要は「おや」と思った。彼女の目に、これまで見たことのない熱情のようなものを感じ取ったからだ。その瞬間、奇妙なうずきと不吉な予感めいたものを覚えたことを、彼はすぐに忘れてしまった。

ひとつ上の学年の授業を受け始めたので、タマラはひとつ年上だということが分かった。

放課後はいったんファミリーで集まる、という習慣がある。タマラはとりあえず顔は出すものの、すぐに美術室に行ってしまう。

「絵を描いてるの？」

鼎が尋ねると、「そう」と短く答える。

タマラは無口で、喋る時はいつも俯き加減で、最低限の言葉しか口にしない。

接触恐怖症というよりも対人恐怖症なのかな、と要は思った。

「見に行ってもいい？」

鼎が更にそう言うと、タマラは一瞬戸惑った表情になったが、「いいよ」と答えて目を伏せた。

二人でタマラについて行くと、美術室の中に、大きなキャンバスが置かれていた。

「うわあ、これがそうなの？」

鼎が歓声を上げた。

畳一枚ほどもあろうかという大きなキャンバスの中に、描きかけの絵があったが、それは明らかに「お絵かき」の程度を超えていた。

「すごい。『養成所』だわ」

鼎がそう叫ぶと、タマラは不思議そうな顔をした。

「養成所？」

聞き返されて、鼎は慌てて口を塞ぐ。

「ううん、なんでもない。素敵な絵ね。タマラ、すごい才能があるのね」

鼎はしげしげと絵を眺めた。

確かに「養成所」なのかもしれない。

要は鼎と並んでじっと絵を見つめた。

とてもヴィヴィッドで激しい絵だ。見ていると、胸騒ぎを感じる。なんだろう。この不穏さは。

タマラは、鼎が心から感心していることを感じ取ったのか、にこっと嬉しそうに笑った。

初めて見る彼女の笑顔は、雲間から光が射し込んだようにとても美しかったので、鼎と要はハッとして見とれた。

が、タマラはすぐに笑顔を見せたことを後悔したかのように表情を引き締め、絵の具の準備を始めた。

鼎がぼうっとしたようにタマラを見つめている。

要は危ういものを感じた。

恋。鼎はタマラに恋しているのだ。

物静かで、無口で、接触恐怖症の、とても美しいタマラ。

しかし、その内面はこの絵のようなのではないか？　何か彼女には秘密があるのではないか？

絵を描き始めたタマラを、鼎は少し下がってじっと眺めている。その鼎を、要が見つめている。

何か嫌な予感がする。これが気のせいであればいいのだが。


毎週、校長室ではお茶会が開かれている。

呼ばれる生徒は、その時々で異なる。

鼎と要もしばしばお茶会に呼ばれていたが、その日はタマラも呼ばれていた。タマラは気乗りしない様子だったが、渋々やってきた。絵に集中したいのかもしれない。

校長室は、重厚な造りの落ち着いた部屋だ。

彼はいつも自信に溢れていて、とても魅力的だ。彼に憧れている生徒も多い。女子生徒だけでなく、男子生徒にも熱心なファンがいて、「親衛隊」を名乗る者までいる。

鼎と要もその魅力は認めていたものの、親衛隊たちのように、無条件で崇めるのには抵抗があった。彼には、どこか警戒心を起こさせるところがある。

その日の客は六人。

校長はそつなく皆をもてなし、会話は弾んだ。

もっとも、タマラだけは端の席で相変わらず無口にしていたけれども。

「タマラ、どうだい、学校に慣れたかい?」

校長に声を掛けられ、タマラはハッとしたように顔を上げると、「はい」と言葉少なに答え、それ以上話すのを拒むかのように、ティーカップを持ち上げて口を付けた。

あれ。

要は、タマラのカップだけが、みんなのものと異なることに気付いた。

他のみんなが飲んでいるのは、同じセットで同じ青い花柄のついたカップだが、タマラは色違いの紫の花柄だ。

別になんということもないのだが、なぜかそのことが気にかかった。

タマラはしばらくのあいだ静かに紅茶を飲んでいたが、やがてハッとしたように顔を上げ、校長を見た。

校長も、タマラを見ている。

タマラは、みるみるうちに青ざめ、目を逸らした。

「どうしたの、タマラ?」

その様子を見咎めて、鼎が尋ねた。

「なんでもない。先生、私ちょっと気分が悪くなったので、ここで失礼します」

タマラはそそくさと立ち上がった。

「大丈夫か? 後で様子を見に行くよ」

校長はじっとタマラを見つめたまま、そう声を掛ける。

「大丈夫です」

タマラは低く呟くと、逃げるように部屋を出ていった。

「何、あれ」

「変な子」

お客のあいだからそんなヒソヒソ声が上がる。

要は、テーブルの上に残された、紫の花柄のカップを見つめていた。


それからも、しばしばタマラはお茶会に呼ばれているようだった。

その様子は、どこか奇妙だった。

いつも渋々出かけてゆき、真っ青な顔をして戻ってくる、の繰り返し。

「大丈夫なの、タマラ?」

鼎がいつも心配して様子を見に行くと、「大丈夫、なんでもない」と答えるものの、ずっと寝込んでいる。

タマラは、二人用の部屋を一人で使っていた。

鼎と二人で見に行くと、いつも窓を開け放している。

「寒いでしょ」

鼎が窓を閉めようとすると、「いいの、そのままにしておいて」と言う。

「窓が開いてないと不安なの」

タマラはそう呟くと、「ほんと、寝てればよくなるわ」と二人に出て行くように促す。

要と鼎は顔を見合わせて部屋を出る。

そんなことを四、五回繰り返した頃、鼎が廊下で呟いた。

「おかしいわ。なんでいつもあんなふうになるの。お茶会に行くたびに、ああよ」

鼎の目には、不審と怒りが浮かんでいる。

「なんでだと思う？」

要は尋ねた。

もっとも、彼女が自分と同じことを薄々考えていることにはとっくに気付いていたのだが。

「分かってるでしょ」

鼎がじれったそうな顔で要を見る。

「噂には聞いていたけど、本当だったんだわ」

妹が暗い声で呟くのを、要も暗い気分で聞いた。

「彼女――何か薬物を盛られてる」

「お茶に？」

「そう。彼女だけ違うカップだったよね」

鼎も気付いていたのだ。

「うん。みんなは青だったのに、彼女のは紫だった」

「こないだ彼女と一緒にお茶会に呼ばれた子に頼んだの。タマラのカップだけ紫かどうか見てくれって」

要は驚いて妹を見た。前から彼女は不審に思っていたのだ。

「そうしたら？」

「やっぱりそうだって。彼女だけ紫のカップだって。先にカップに薬物を塗っておいて、お茶を注いでいるのかもしれない。彼女が飲むカップを見分けるために目印にしてるんだわ」

「そんな」

要は首を振ってみせたが、否定はできなかった。

「話には聞いてたわ」

鼎は怒りを滲ませて、吐き捨てるように言った。

「ここを子供たちの本物の『墓場』にしたい親がいて、それに校長が加担してるって。お茶会を習慣にしているのは、一服盛りやすくしてるからだって。情緒不安定な子には鎮静剤みたいなものも密かに飲ませてるって。そして」

鼎は声を震わせた。

「時々、本当に——本当に、毒を盛って、弱らせて、死なせる場合もあったって」

要は思わず顔を背けてしまった。

そう。噂には聞いていた。この学校の特殊な環境。法外に高い学費。それは、学校内での違法行為への報酬なのだと。

「でも」

要は思い切って鼎を見た。

「タマラは、なぜお茶会に行くんだろう。彼女、最初の時に、お茶に何か入ってることに気付いてた。もちろん、校長もそのことに気付いてる。それでいて、やはり彼女をお茶会に呼んでるし、タマラもお茶会に行ってる。どうして？」

要が疑問に思ったのは、お茶に何かが盛られているという事実よりも、その点だった。

鼎はしばし黙り込んだ。

が、キッと顔を上げ、要を睨む。

「分からない。だけど、このままにしておくわけにはいかないわ」

要はその目に気圧されていた。

「どうするっていうんだ」

「このままじゃ、タマラが死んでしまう」

鼎は目に涙を浮かべ、口を手で覆った。

「いや。そんなの、いや。いったいどこの親があんな素敵な子を殺そうとしてるっていうの。信じられない。校長先生も、ひどいわ。そんなことを引き受けるなんて」

要は愕然とした。

妹がここまでタマラに惚れこんでいたとは。

またしても奇妙な胸のうずき。

彼は自分がタマラに嫉妬していることに気付き、そのことにも驚いた。

「ここは、あいつの支配下だ」

ちりちりと胸が痛む。

要は声を低めた。

「実質的に、俺たちはあいつには逆らえない」

「逃がす」

鼎が呟いた。

「え？」

「何か、彼女には校長に逆らえない事情があるのよ。だったら、彼女をここから出すしかないわ」

「どうやって？」

「考える。要、協力してくれるよね？」

妹の燃えるような激しい瞳に、要には頷く以外の選択肢はなかった。


「逃げる——?」

今日も窓は開いていた。

ベッドの上に起き上がり、タマラは呆然とした顔で呟いた。

またしてもお茶会から戻ってきて臥せっているタマラのところに、鼎は要と共に押しかけ、計画を打ち明けた。大潮の時に、湿原をボートで渡ろうというのだ。夜明け前に出れば、幹線道路のところまで数時間で辿りつける。

タマラは呆然として聞いていたが、力なく首を振った。

「無理よ。そんなことはできない」

「どうして? このままじゃ殺されてしまうわ」

タマラは無言で首を振り続ける。

「あたしも一緒に行く」

鼎はそう宣言した。

「えっ」

そう同時に叫んだのは、タマラと要だった。

「鼎。本気か？」

要は思わず鼎に詰め寄っていた。

「タマラを送り届けたら、戻ってくるんじゃなかったのか」

鼎は首を振った。

「ううん、あたしも行く。でないと、タマラは逃げないもの。お願い、タマラ、あたしと一緒に逃げて」

鼎は懇願した。

タマラは奇妙なものを見るような目つきでまじまじと鼎を見た。

「あたしはあなたを失いたくない。生きててほしい」

鼎の目には、涙が浮かんでいる。

タマラの目が驚きに見開かれる。

やがて、彼女はぶるぶると震えだした。

顔がぐしゃりと歪み、双眸からぽろぽろと涙が流れ出す。

彼女が感情を露にしたのは初めてだった。

タマラは搾り出すような声を出した。

「嬉しい。嬉しいわ、鼎。だけど、無理。あなたの気持ちだけ、受け取っておく」

「どうして？　どうしてなの？」

「ダメなの。あたしはダメなの」

鼎が思わず肩に手を掛けようとすると、タマラはサッと身体を引いた。

「触らないで！」

鼎がびくっとする。

「あたしを放っておいて！　二人とも出て行って！」

タマラは両手で顔を覆うと叫んだ。

「お願い、出てって！」

その叫び声を背中に浴びながら、二人は部屋を出て行かざるを得なかった。

「いったいどんな事情があるんだろう。ああまでして、ここにとどまって、お茶会に行くのはなぜなんだ。ひょっとして、自殺願望でもあるんだろうか?」

要はうろうろと部屋の中を歩き回った。

鼎は悄然と椅子に座り込んでいる。

「鼎、あれは本気だったの? 本当に一緒に行くつもりだったの?」

要が尋ねても、答えない。虚ろに床を見つめている。

苛立ちを覚え、返事を待ったが、彼女はそれを無視していた。

「勝手にしろ」

要は乱暴に歩き出し、部屋を出た。


それきり、二人のあいだからタマラの逃亡計画の話題は消えた。

それでも、日々は過ぎる。

やはりタマラはしばしばお茶会に出かけている。が、このごろは戻ってきてから寝込むことがなくなった。どうやら、お茶には口を付けていないらしい。

鼎は毎日美術室に出かけていき、じっとタマラが絵を描くところを遠くから見ているようだった。要はなんとなく、妹と一緒にタマラのところに行くのを止めてしまった。

もう二人のあいだに逃亡の話題は出ず、何もなかったかのように他愛のないお喋りをしているらしい。

今ね、タマラ、あたしの絵を描いてくれてるのよ。

穏やかな顔で鼎がそう言うのを見て、要は密かに安堵していた。

あきらめたんだろう。

自分にそう言い聞かせる。

タマラもお茶を飲むのを止めたようだ。彼女は生き続ける。鼎の言葉の影響だろう。

ならば、逃げる必要もない。

要はそう自分を落ち着かせようとした。

花火が上がっている。
湿原の上に、花火が打ち上げられている。
色鮮やかな大輪の花が、あちこちで開いている。
それをタマラと鼎が見上げている。
うわー、綺麗ね。
すごいわ。
二人は顔を輝かせ、花火を指差して、楽しそうに笑っている。笑っている――
と、要は目を覚ました。
ドンドンドンドン。
花火？
部屋は真っ暗だ。窓を見るが、まだ薄暗い。
花火ではなく、誰かがドアを叩いているのだと気付いた。

「要！　起きろ、要！」
その声で、校長が自分の部屋のドアをノックしているのだと分かった。
慌てて起き上がり、ねぼけまなこでドアを開く。
目の前に、この上なく厳しい顔をした校長が立っていた。
まとう空気が冷たいのは、少し前まで外にいたかららしい。
要はいきなりはっきりと目が覚めた。
何が起きた？
「着替えて、一緒に来い」
校長はそう言うと、くるりと背を向けて歩きだした。
要は急いで制服を着ると、校長の背中を追う。
空気は冷たく、辺りはしんと静まり返っていた。
校長は、一度も振り返ることなく、どんどん坂を下りていく。
この先はもう何もないはずだ――あるのは湿原のみ。
突然、頭の中に閃いた言葉があった。

大潮。

要は足を速めた。動悸が激しくなるのを感じる。

まさか——まさか。まさか、二人は逃げたのか？

やがて、激しい泣き声が聞こえてきた。女の子の泣き声。

要はどきんとした。

あれは誰の声？　鼎か？

そして、見えた。

横たわる少女と、その少女にすがりつく少女。

「鼎？」

悲鳴を上げて、要は駆け寄っていた。

狭い波打ち際の崖に隠すようにひっそりと浮かんでいるボートが、かすかに揺れていた。

逃げようとしていた。
大潮。
タマラ。泣いている。
横になっているのは鼎だ。
なぜ？　何が起きた？
「鼎？」
頭の中でぐるぐると言葉が回っている。
しかし、横たわっている妹はぴくりとも動かない。彼の呼びかけにも答えない。
死んでいる。
鼎が、死んでいる。
タマラは、鼎にすがりつき、身をよじって泣き叫んでいた。
大丈夫なのか？　接触恐怖症ではなかったのか？
そんな感想がぼんやりと頭に浮かんだ。
「なぜ？」

要はそう呟き、呆然と校長を見た。

「タマラが私に助けを求めてきた。鼎が倒れたと言って」

校長は、二人の少女に目を向けたまま、そう低く呟いた。

「鼎ーっ、許して鼎ーっ」

タマラは天を仰ぎ、泣き叫んだ。

許す？　何を許すのだ？

要は妹の顔をぼんやりと眺めた。

奇妙な表情。驚いたような、笑っているような、恍惚としたような——

なんだろう、この表情は？

「心臓発作を起こしたようだ。外傷はない」

校長が呟く。

「そんな。鼎には、持病なんてなかった」

要はいやいやをするように首を振る。

信じられない。受け止められない。

胸のうずき。タマラへの嫉妬。

さまざまな感情が身体の中を駆け巡っている。

「要。あとで校長室に来い」

その声だけが、頭の中に刻み込まれた。


かちゃん、と紫の花柄のティーカップが目の前に置かれた。

要は、のろのろと校長の顔を見上げる。

「おまえたちが気付いたように、タマラの飲む紅茶には毒が入っていた」

要はそう校長の口が動くのをぼんやりと眺めていた。

もうそんなことはどうでもいい。

鼎が死んだ。鼎が死んだ。妹が死んだ。

その事実だけが頭の中で繰り返される。

「要、よく聞け」

ピシリと響く声。

「確かに、タマラのカップだけ別にして、彼女の飲むお茶には毒を入れていた。なぜなら、彼女がそれを必要としていたからだ」

一瞬、意味が分からなかった。

無意識のうちに、要は「えっ？」と声を上げていた。

校長はテーブルの上に腰掛けて要の顔を覗きこんだ。

「ボルジア家の話を聞いたことがあるか？」

「ボルジア家？」

唐突な話題に、要はきょとんとした。

なぜいきなり、ボルジア家なんだ？

「十五～十六世紀の、イタリアの名家だな。マキャベリズムの語源にもなったマキャベリにも影響を与えたとされる、奇々怪々な権謀術数で有名になった一族だ。一説には、政敵を次々と暗殺したと言われている。どうやって？」

校長はカップに目をやった。

「毒だ」

要はつられてカップを見た。

「ボルジア家は毒薬の扱いに長けていたらしい。ずいぶん毒殺もしたようだ。毒の扱いに長けた一族は、毒の研究もしていたという。これもまた伝説に過ぎないが、子供の頃から少しずつ毒を舐めさせ、慣れさせて、耐性を付けていたとも言われている」

校長が何を話しているのかよく分からなかった。

毒の豆知識を授けようとでもいうのか？

「ボルジア家だけではない。毒物の扱いに長けた一族は、同じようなことを考えるものらしい。実際、子供の頃から毒物に接することも多く、遺伝的にも耐性があるのかもしれない。中には、あえて子供の耐性を高めて、暗殺者として育てるということもあったと聞く。その結果、耐性どころか、呼気や体液自体が毒性を持ってしまっているという者も」

呼気。体液。

何かを忘れているような気がした。

「タマラが、そうだ」

開けられた窓。

飛びのくタマラ。

接触恐怖症。

「まさか」

要が怯えた目で校長を見ると、校長は頷いた。

「そうだ。タマラの体液には、人を殺すだけの毒性がある。呼気も危ない。密閉空間で一緒に過ごすと、それだけでも影響がある」

近寄らないで。

伏し目がちにぼそぼそと呟くタマラ。

無口な少女。

笑わない少女。

「絵を描くようになったのも、キャンバスに向かっていれば、誰かと顔を突き合わせる必要がないからだ。彼女の呼気に触れることもない。しかも、大きいキャンバスに絵を描いていれば、人は自然と下がって、離れたところから絵を眺める。彼女のそばに来ることはない。それが理由だったろう。才能もあったのは事実だが」

ヴィヴィッドな激しい絵。

彼女の内に秘められたもの。

「だから、もはや彼女は毒を服用するのが自然な状態になってしまっていた。学校の中で、毒を彼女に持たせるわけにいかないので、私が毒を管理して、時々服用させていた」

「でも、じゃあ、どうして彼女はお茶会から帰ると具合が悪くなったんです？」

要が尋ねると、校長は小さく溜息をついた。

「精神的なものだ。彼女は、おのれの運命を呪っていた。定期的に毒を服用しなければならないことに、激しい自己嫌悪感を抱いていた。だから、お茶会に行ってお茶を飲むと、ひどく落ち込んで、苦しくなる。それの繰り返しだった。分かってはいたが、服用しなければしないで苦しむことも知っていたんでね。仕方なかった」

「でも、最近の彼女はお茶を飲んでいませんでしたよ？　そんな苦しそうな様子は見せてませんでしたが」

「鼎のためだ」

「鼎の？」

「タマラは、友達を作らないようにしていた。接触すれば、相手に害になる。だから、接触恐怖症だと言い、無口で、なるべく他人に近寄らないようにしていた。だが、鼎はタマラを愛した。タマラの生存を望んだ。そして、タマラも鼎を愛してしまった」

あたしはあなたを失いたくない。

二人が交わした視線を思い出す。

ぐしゃりと顔を歪めたタマラ。

恋に落ちた二人。

「彼女は、毒を抜こうと思ったに違いない。今更どうにもならないかもしれないけれど、服用さえしなければ、薄まっていくかもしれない。そう考えたんだろう。そして、鼎はあきらめていなかった。タマラが毒を飲まなくなったのを、生きる気になったのだと考えた。それはある意味、事実だったが、それを鼎はタマラも逃げる気になった、と受け取ったんだな」

「そして、大潮の日に」

「そう。逃げ出すことにした」

「じゃあ、鼎が死んだのは」

その場面が目に浮かんだ。

いよいよ逃げ出すという瞬間、二人は我慢しきれなくなったのだろう。

深いくちづけを交わしたのだ。

タマラの呼気を吸い、タマラの唾液を飲んだ。そして、鼎は――

要はぶるっと肩を震わせ、その想像を打ち消した。

タマラは、鼎に打ち明けたのだろうか。自分の呪われた身体のことを。

打ち明ける時間もないほど、恋の衝動に流されたのか。

それとも、鼎は知っていたのだろうか。知っていて、それでも死のキスを受けたのか。

あの奇妙な表情が目に浮かんだ。

知っていたのかもしれない。知っていて、恍惚のうちに、死んでいったのかもしれない。そう思いたい、あの表情――

要は目を拭った。

「もう一度、鼎に会わせてください。お別れをさせてください。ここでは亡くなった生徒は『転校』として処理されるのは知ってるけど、最後にもう一度会いたい」

「いいや、それはできない」

校長は首を振った。

「鼎は失敗した」

ずしん、とその言葉が要の肩にのしかかった。

失敗。

「私は、お前たち二人を試していた。タマラの真相が見抜けるかどうか。タマラの口から聞きだせるかどうか」

要は息を呑み、まじまじと校長の顔を見た。

「試した？　僕たちを？」

無表情な校長の顔。

「そう。わざわざタマラと一緒にお茶会に呼んだ。彼女のカップが違うことにすぐに気付いたのはいいが、ただの毒だと考えたのは早計だったな。彼女の言動を注意深く見ていれば、ヒントはあちこちにあったのに」

ヒント。言動。

要はごくりと唾を飲み込んだ。

僕たちは、試されていた。すべてお見通しだった。

「鼎が真相を知っていたのかどうかは分からないが、分かっていて衝動に流されたのであれば、失格だ。分からなかったとしても、すぐに異変に気付くべきだったのに」

失格。

妹のあの表情――笑っているような、驚いているような。

「僕はどうなの、お父さん」

要は静かに呟いた。

「僕も失格？」

僕たちは争っている。

ずっと争っている。血を分けたきょうだいたちと、父の後を継ぐのは誰かを。

校長は、かすかに首をかしげた。

「保留だな。少なくとも、お前は何かあることに気付いてはいた。次の失敗は許さんぞ」

要は小さく溜息をついた。

「さあ、部屋に戻れ」

校長は手を振った。

要はじっとその手を見上げた。

「タマラはどうなるの？」

「ショックがひどいので、医療棟に移す。落ち着かせるまでしばらくかかるだろう。場合によっては、鼎のことを忘れさせる必要があるかもしれない」

「じゃあ、タマラの最後の絵は僕にもらえない？」

校長は意外そうな顔になった。

「お前も彼女が好きだったのか？」

要はゆるゆると首を振った。

「最後の絵は、鼎の肖像画だったんだ」

*

あれからどれくらい歳月が経ったのだろう。

彼は、回想から覚める。

そう、確かに私はもう失敗しなかった。あれから父の課題をクリアし続け、きょうだいたちと争い続け、そしてこの校長室を、この城を、この王国を引き継いだのだ。

ちらりと、寝室のほうに目をやる。

タマラの描いた、鼎の肖像画の掛かっている部屋。

父は、タマラの絵を譲り受けることを許してくれた。口には出さなかったが、競争相手とはいえ、仲良しの妹を失ったことを不憫に思っていたのかもしれない。

それとも、ただ単に、タマラに鼎のことを思い出させないためだったのかもしれないが。

校長は、手にしたスーツを戻した。

そして、反対側の壁に目をやる。

そちらには、ずらりと女物の服が並んでいる。

妹の喪失は、大きかった。彼は、何年もその事実を受け入れることができなかった。あの頃から、彼は残された妹の服を、時折身に着けてみた。妹になりきって過ごし、妹と対話を続けてきた。

その習慣は、今も続いている。今では対話はしないものの、まだ自分の中に妹がいるのを感じている。

「やはり今日は、こっちかな」

校長は、女物の服の前に立ち、灰色のタイトスカートを手に取ると、慣れた手つきで一年ぶりに会う娘を出迎える身支度を始めた。

睡　蓮

桜の木の下には死体が埋まってるっていうだろう？　睡蓮《すいれん》もそうなんだ。睡蓮の下にはきれいな女の子が埋まってるんだよ。池の底の暗い泥の中に埋まったきれいな女の子からでなきゃ、あんな美しい花は咲かないいんだ。

最初にそう言ったのは稔《みのる》だったのか亘《わたる》だったのかはもう覚えていないけれど、初めてそう聞いた時にひどく納得したのを覚えている。北側の窓から見える沼はなぜかいつも私を憂鬱《ゆううつ》にしたが、重く固い水面《みなも》に浮かぶ幾何学的な形をした花は宝石のように美しかった。晴れた日の昼間でも薄暗く、澱《よど》んだ瘴《しょう》気《き》に満ちた水底からあの一点の染《し》みもない花が生まれてくるのは、毎日小さな奇跡を見ているようだった。だから、泥の中に人形のような色白の少女が横たわっていてその額からあの花が伸びているというイメージは、当時の私にはかなり説得力があったのである。

りせからも花が咲くかなあ。

そう呟《つぶや》いた私に、亘はひどく暗い顔をした。彼は私が沼を見ているといつも、ちらっと嫌そうな顔をする。普段は快活でさばけた少年であるだけに、私は彼のその表情を見ると鈍い苦痛を覚えた。それを無視して私は尋ねる。

亘はどう思う？　彼の口から私の容姿を保証してほしかったのだ。

咲くよ。理瀬《りせ》からは、誰よりも大きな花が咲くだろう。でも。

亘は怒ったような声で言葉を切った。私は続きを待つ。でも？

そのためには暗くて冷たい、ぬるぬるした泥の中に沈まなきゃならない。

そう言った亘の横顔は蒼白《そうはく》だった。

子供の頃の世界はひどく平坦《へいたん》だった。小学校から帰ってきても、兄たちが帰るまでにはかなりの時間があった。二年生になったばかりの時にここに引っ越してきたが、既に稔は高校生だったし、亘は中学三年で受験を控えていた。私は一人でいるのが嫌いではなく、騒がしくて闇雲《やみくも》にぶつかってくるゴムボールみたいな小学校の級友たちにはなんとなく違和感を感じていたので、家で本を読んだりピアノの稽古《けいこ》をしたり古いレコードを聞いたり、祖母の手伝いをしている方がしっくりきた。祖母は、饒舌《じょうぜつ》な印象は全くないのだが、聞けば実にいろいろなことを知っていた。小うるさいことは言わなかったが、厳格だった。その厳格さと私との距離感が私には心地好《ここちよ》かった。私ははめを外すよりはきちんとした世界の方が好きだった。

当時住んでいた家は古い洋館で、玄関から二階に上がる階段の三段目が私の定位置だった。雨の降る静かな午後に、頬杖《ほおづえ》をついて玄関の嵌《は》め殺しの窓から門を見つめ、兄たちの帰ってくるのを待つ。灰色の時間は止まってしまったかのようだ。世界は永遠で、雨は止《や》むことがない。

それでも、いつかは二人が帰ってきた。稔が鉄の門を開けて入ってくると、いつも喜びと共に緊張を覚えた。稔は私が階段に座っているのを見ると、必ずじっと無表情のまま注視する。私は平静を装《よそお》いつつも、身構える。稔は銀のナイフのように美しい。いつも落ち着いていて、いつも周りを観察していて、いつも頭がいい。嵌め殺しの窓ガラス越しに、私たちは互いに見つめ合う。彼は玄関の扉を開け、私に声を掛ける。

理瀬、頬杖は駄目だよ。歯並びが悪くなる。汚い女の子になるよ。

稔は実際、『汚い女の子』が大嫌いだった。太った女の子、不細工な女の子、頭の悪い女の子、ひがみっぽい女の子。そう口に出しては言わないけれど、彼の目を見れば分かった。道で擦れ違う娘たちを一瞥《いちべつ》する冷ややかな視線。腐った林檎《りんご》を見つけた時のような不快な目付き。鳥の影のように瞳《ひとみ》をかすめる軽蔑《けいべつ》。私は嵌め殺しの窓の向こうにいつも恐怖を探していた。彼が私に向ける視線の中に『汚い女の子』に対する軽蔑が混ざってはいないかと。

その一方で、亘が帰ってきた時はいつも素直な喜びを感じた。主人を待っていた犬が感じる喜び。やれやれこれで遊べるという安堵《あんど》。亘は私を見つけるといつもニコッと嬉《うれ》しそうに笑う。

腹へったなー、なんかない？　私は飛んでいってまとわりつく。

ちぇっ、数学のテスト、最低記録更新しちまったよ。亘は自分が脱いだ学生帽を私の頭に乱暴にかぶせる。

なんで。亘の得意科目じゃない。亘の帽子の匂《にお》い。やんちゃな男の子の匂い。

なんか調子悪かったんだよなー。あん時は朝から下痢してたからな。

亘の自転車に二人乗りして土手を走る。両手放しで奇声を上げる亘に声を合わせ、私も金切り声を上げる。ヘビイチゴを集め、木に登って鳥の巣を探す。屈託のない亘の笑顔が太陽に弾《はじ》ける。

なあ、理瀬、源氏物語って知ってるか？　泥だらけの靴を腰にぶらさげ、裸足《はだし》で亘の背中にしがみついている私に亘が唐突に尋ねる。
知らない。それがどうかしたの？　ほんの一瞬、亘の背中が固くなる。
いや、なんでもない。風に亘の声が紛れる。オレンジ色の川の風景が飛んでいく。

彼等が私の本当の兄弟ではないことに、私は薄々気付いていていた。
祖母は本物の祖母だったと思う。彼女といる時に感じる、彼女と私の間にある一本の太い流れのようなものは確かだった。稔と亘は、恐らく私の従兄弟《いとこ》だったのではないだろうか。ものごころついた時から、うちの家族構成がよそとは違っていることは感じていた。他の子供には必ずいる『両親』なる生々しい成年男女が存在しないことを不思議に思っていたものの、そのことに不自由を感じたことはなかった。が、私はどことなく今の家族がニセモノくさいことも嗅《か》ぎとっていた。かりそめのもの、本物ではないもの。私はその中で自分の役割を演じることを覚えた。稔の前ではきれいで完璧《かんぺき》な女の子を、亘の前では快活な少年のような妹を、祖母の前ではしっかりした手の掛からない孫娘を。女の子は作られる。男の子や大人の目が女の子を作る。

理瀬ちゃん、とっても上手だったよ。これ。

突然、オレンジ色のガーベラの花束が目の前に差し出される。その手のずっと上についている潤《うる》んだ熱っぽい瞳を見た瞬間、私は激しい恐怖を覚えた。なんだこれは。この目はなんだろう。なぜこんな目で私を見るんだろう。ガーベラの花弁がぐにゃりと歪《ゆが》んで見えた。私は恐怖におののきながらこわごわ花束を受け取り、泣きながら亘のところに飛んでいった。亘は嫌悪《けんお》と恐怖に満ちた私の顔を見てぎょっとしたが、逃げていった私をきょとんとした顔で見ている隣のクラスの男の子を見て、かすかに身をよじり苦しそうな目をした。

曇った生暖かい夕暮れだった。鬱蒼とした木々の塊が身をよじるように揺れる。

町の小さなホールで開かれたピアノ教室の発表会のあとだった。

理瀬がいちばん上手で、いちばん可愛《かわい》かったよ。

稔が上機嫌で先頭を歩き、その後ろを私と亘がなんとなくうなだれて歩いていた。手に持ったガーベラの花束とぴかぴかに磨いた爪先《つまさき》が目に入る。レースの靴下。ストラップのついた黒い革靴。黒のベルベットのワンピース。きれいな女の子という偶像。完璧な女の子という商品。私は初めて稔の瞳の中の言葉に気が付いた。

木々が風に唸《うな》り、鳥の群れが巣に帰る。

宿題に使う本を借りようと亘の本棚を漁《あさ》っていた時、英和辞典の間からハラリと一枚の写真が落ちた。

何気なく取り上げ、次の瞬間チクリと胸の奥が痛む。

亘と一人の少女が並んで笑っている。清楚《せいそ》な、愛らしい少女だった。亘に寄り添うように立ち、かすかに腕が触れ合っている。私は動揺する。オレンジ色のガーベラの残像。胸に込み上げるどす黒い混乱に蓋《ふた》をするように、写真を辞書に挟んでぱたんと閉じる。

一雨ごとに季節はうつろっていく。夜の底を渡る風が眠りを連れていく。

亘が遊んでくれなくなる。長い灰色の午後は続く。稔が夕食の席で、女連れで土手を歩いていたと亘を冷やかす。祖母が稔をたしなめ、亘は顔を赤くする。私は黙々とパンを摑《つか》み、スープを食べ残す。

ある日の午後、私がいつもの場所に座って兄たちの帰りを待っていると、家の前に大きな黒い車が止まった。赤いコートを着た、スラリとした大柄な女が降りてくる。そこだけ光が射《さ》しているようだった。見るからに特別な人。くっきりとした輪郭を持った大人の女。今までこんな人を見たことはなかった。こんなにも美しく、存在感があり、こんなにもどこか不吉な気配を漂わせた人を。

鳥肌が立った。もうすぐだ。もうすぐあの人は顔を上げる。次の瞬間、玄関の窓越しに私を見る。その時あの瞳の中に何を見るだろう？

パッと大きな瞳がこちらを見た。何か鋭いもので心臓を貫かれたような気がした。激しい羞恥《しゅうち》と恐怖に襲われる。でも、私は目を離すことができなかった。

その瞳が私を捕らえた瞬間、『?』という形が見えたような気がした。が、次の瞬間それは『!』に変わり、みるみる不思議な光に輝きだした。まるで雲に隠れていた太陽が顔を出すように、熱っぽい喜悦と興奮と、なぜかかすかに淫靡《いんび》なものとが溢《あふ》れ出す。実際、彼女はくっきりと塗られた赤い口紅のついた唇の端を上げ、快哉《かいさい》を叫ぶかのようにゆったりと笑みを浮かべた。私は心臓を冷たい手で撫《な》であげられたような気分になった。身体《からだ》のどこかがざわざわしている。心のどこか思いがけない場所をこじあけられたような感触。

ゆったりとしたウエーブの髪をかきあげ、彼女はハイヒールで砂利を鳴らして玄関にやってきた。一瞬、私は玄関に駆け寄って鍵《かぎ》を掛けたい衝動に駆られた。この人を中に入れてはいけない。

身体を動かしかけた時、台所の方から小さな歓声が上がり、祖母が小走りに出てきた。祖母が興奮しているのは本当に珍しい。祖母は自ら扉を開け、彼女を招き入れ、紅潮した顔で抱き合って喜びあっている。

ああ、入ってきてしまった。私は徒労感を覚えた。

大きくなったわね、理瀬。

思いがけないハスキーな声が私を振り返った。私のことを知っている？

次の瞬間、私は自分の顔が凍り付くのが分かった。私の顔を見ている女がそのことに気付いたことも分かった。女は私が見ているものに視線を合わせる。

鉄の門が開き、亘がはにかんだ笑みを浮かべて一人の女の子を連れて入ってくる。写真で見た娘。写真で見るよりも遥《はる》かに可愛い、感じの良い娘を。


華やかで、賑《にぎ》やかで、それでいてぎくしゃくした夕食だった。

圧倒的な存在感で食卓を支配しみんなの中に入り込む女。しかし、私にはその女が我が家とどういう関係にあるのかよく分からなかった。親しげな女。話し上手な女。祖母も稔も彼女をよく知っているようだった。二人とも目をきらきらさせ、その女に夢中だった。亘はちょっと違っていた。その女に対して、戸惑うような、怯《おび》えるような奇妙な色があった。いや、それは私の考えすぎだったのかもしれない。彼は隣に座る可憐《かれん》な少女にすっかり気を取られていたのだから。

私は混乱し、自分に対して憤《いきどお》っていた。なぜだろう、この痛みは。なぜ私がこんなに居心地の悪い思いをしなければならないのだろう。これまでこんな経験はなかった。同性に対して、他の女の子に対して、こんなふうに全身の表面がピリピリするようないたたまれないいらだちを感じたことは。

私の目はその少女に吸い寄せられていた。華奢《きゃしゃ》な白いのど、ポニーテールにした柔らかそうな髪の後れ毛。いつも微笑《ほほえ》んでいるようなおっとりした瞳。あどけないぽってりとした桜色の唇。制服のカフスからすんなり伸びている細い手首。時折亘と視線を交わす悪戯《いたずら》っぽい茶色の目。無言で応《こた》える亘の瞳にも、甘い柔らかさがのぞく。潤んだ熱っぽい瞳。ガーベラの花弁が揺れたような錯覚を覚えた。

こんなのはおかしい。なぜ私はこんなに苦しいのだろう。なぜ大好きな亘が恨めしいのだろう。なぜこの愛らしい少女が憎く感じられるのだろう。私は味のしないシチューを口に運びながら、必死にその答を探していた。変だ。こんなのはフェアじゃない。

私は視線を感じた。全《すべ》てを見透かすかのように艶然《えんぜん》と微笑んでいるあの女の視線を。

女は舐《な》めるような目で私の表情を見ていた。それは楽しんでいるようにすら思えた。そうだ、彼女は気付いているのだ。私が今とても『汚い女の子』になっているのを。

悲しい宴《うたげ》は終わった。亘が少女を送っていく。二人の背中が門の向こうに消えるのを、私は玄関の闇《やみ》の中から見つめていた。

私はすぐに部屋に引っ込んだが、あの女と祖母たちの談笑する声が夜遅くまで家じゅうに響いていた。女は泊まっていくらしかった。

闇の中の天井はグロテスクな黒の甲羅に見えた。寝苦しい長い時間に、無数の罅割《ひびわ》れからさっき見た少女の笑みがのぞく。どくんどくんと嫌な音で心臓が鳴る。


闇の中の睡蓮。

夜中にそっと階下に降りてトイレに入った帰り、私はそっと北側の窓に立った。

じっと目を凝らしていると、やがてぽっかりと青白い花が浮かんできた。

光を放っているように見えるわね。

後ろから低い声が囁《ささや》いた。私は振り向かなかった。

溜《た》め息《いき》のような声が近付いてくる。

まるで宝石のようだわ。

睡蓮の花の下にはきれいな女の子が埋まっているの。

私は窓の外を見つめたまま呟いた。肩にじわりと重みを感じた。彼女の大きな手が肩にくいこむ。なんて大きな手なんだろう。私はチラリと彼女の手を見下ろした。きれいだが意外と骨ばっている。大粒のルビーの指輪が血の色に見える。

そう。理瀬のような女の子がね。耳元に息がかかった。

違うわ。あたしは汚い。

自分でも驚くほどきつい声だった。気まずい沈黙に、私は顔をそむける。

後ろで彼女がくすりと笑ったので、私は全身を強張《こわば》らせた。

ああ、あの女の子ね。お砂糖のような女の子だったわね。

かあっと頬が熱くなった。やはり見透かされていたのだ。

突然、肩に力が込められた。よく聞きなさい、理瀬。

その冷たく乾いた声にギクリとする。呪文《じゅもん》のように声が心に入ってくる。あの子は睡蓮にはなれないわ。あなたとは違う。あの子は沼には入れないの。冷たい泥の感触を感じることはできない。さっきあなたは妬《ねた》んだでしょう、あの子の優しそうな無垢《むく》な表情を。あなたは今まで苦しんでいたでしょう、ベッドで何度も寝返りを打って。あたしはそんなあなたが好き。苦しみ傷つき自分を汚いと感じるあなたが好き。

彼女はひどくゆっくりと私の額に頬を寄せると、そっと私から離れていった。

静まり返った夜。窓の外にうっすらと浮かぶ幾何学的な花。

翌朝、一点の曇りもない晴れ渡った光の中を彼女は去っていった。

理瀬、あなたが大人になるのを楽しみにしているわ。

逆光の中、大きな手と握手をしながら私は考えていた。柔らかな髪のウエーブの輪郭がきらきらと輝いていて、表情が見えない。

この人は、女ではない。

黒いハイヒールが砂利を踏んで遠ざかっていく。祖母と稔が門まで出て彼女を見送る。私は玄関に立ったまま赤いコートの背中を見つめる。

昨夜、後ろに立たれた時、頬擦りされた時の違和感が、朝の光の中でくっきりと形になった。

あの人は男性だ。

風は徐々に冷たさを増す。高い空が冬の心細さを助長する。私は長い午後を一人で過ごした。枯れた野の道に、問いの分からぬ答えを探しながらゆっくりと歩く。

ふと、誰かに見られているような気がした。

顔を上げると、銀色の大きな車がこちらに向かって走ってくる。運転席の精悍な若い男がこちらを見て一瞬笑った。私はきょとんとして走り去る車を見送った。が、助手席に座っている娘に見覚えがあることに気付いた。亘の隣に座っていた少女。亘と共犯者めいたはにかんだ笑みを交わしていた少女。その少女がうっとりした顔を紅潮させ、口を大きく開けて笑っていた。それはなんとなくぞっとする表情だった。

枯れた野の中の一本道を遠ざかる車は、なぜか禍々《まがまが》しいものを運んでいるように見えた。

あの運転席の男。あの人も私は知っている。どこで会ったのだろう。


亘を覆《おお》っていたきらきらしたものが消えた。

冬の訪れと共に彼は塞《ふさ》ぎ込むようになった。

初雪を見た日、私は門のところで低く言い争う亘と少女を見た。最初、私はその少女があの夕食の席で亘の隣に座っていた少女だと分からなかった。少女は化粧をし、髪にウエーブをかけ、そして何よりも亘を見下す目付きに変わっていた。

途中で黙り込んでしまった亘に、少女はなじるように何かとげとげしい言葉を吐くと、足早に姿を消した。亘は一人、門のところに残された。暫《しばら》く少女の行方を見守っていた彼は、やがて老人のような足取りでこちらに向かって歩いてきた。

私は階段の三段目に座り、嵌め殺しの窓越しに疲れた表情の彼をじっと見ていた。

亘が顔を上げ、私に気付いて足を止めた。私たちはガラス越しに目を合わせた。

亘の目には何もなかった。もはや彼は、私の知っているやんちゃな少年ではなかった。そこには枯れた野原のような虚無があるだけ。

扉を開けて入ってきた亘は、無表情に理瀬は、と言いかけて口を閉じた。

なあに？　私は気のない声で尋ねた。

いや、なんでもない。亘は目をそらすと家の奥に入っていった。

が、私にはその続きが聞こえたような気がした。いつか彼の背中で聞いた質問。

リセハ、ゲンジモノガタリヲシッテイル？

数日後、私は亘の部屋のごみ箱に、あの英和辞典が無造作に捨てられているのを見た。そっと拾いあげると、くしゃくしゃの写真が挟まったページがバサリと開いた。

月も凍るような夜。

全てが寝静まり、闇すらも眠る夜。

私は一人、沼のほとりに立っていた。夜を映す鏡のような水面には、灰色の丸い葉がちらほらと浮かんでいるだけだ。

私はそっと身体をかがめ、ガウンの内側に隠してきた英和辞典を沼に沈めた。

たちまち音もなく姿を消し、聞き取れない呟きのような泡が一つぷくんと浮かんだ。

いつかあたしにも睡蓮は咲くかしら。私は空を見上げた。

水晶のような睡蓮。美しい睡蓮。

私は白い息を吐きながら、自分の額から伸びた透き通った大輪の花が、夜の闇に開いているところを思い浮かべていた。

丘をゆく船

四角く切り取られた中庭の空の高いところから、鳶《とび》の鳴く声が降ってきた。

黎二《れいじ》は反射的に身体を起こし、空を見上げていた。

あの明るい声は、この辛気臭い湿原にも、何か心躍るものを届けてくれる。

同時に、この場所が隔絶された檻であり、鳶はどこにでも飛んでいけるのに、自分はどこにも行けない立場であると思い知らされるのだが。

この丘が、船だったらいいのに。

いつもの夢想。

再びゴロリと横になり、目を閉じる。

この丘が青い船で、湿原を切り裂いて、航海をしているところだったら。

想像する。

ざざざ、と上がるさざなみ。湿原の野生の麦が、押しのけられて潰れていく。ゆったりと進む青い船が、湿原の上を水平に移動していく。湿原から川へ、やがては海へと出て、海の向こうの国を目指す——

あたしも、ね。

不意に、あの声が聞こえた。うっ、と全身が強張《こわば》り、動けなくなる。

いったい何が引き金になるのかは分からない。

あの声は、いつも彼を不意打ちにする。

最初は不思議そうな顔だった。息子に腹を刺されたことに気付かず、人形みたいに目を見開いてきょとんとしていた。

が、その事実を認めると、かすかに顔を歪めて泣き笑いのような顔になり、次に、はっきりと笑った。

にたあっ、という、不気味で嫌らしい笑みだった。

そして、「あたしも、ね」と黎二の目を見て言ったのだ。

あたしも、ね。

とっさに何を言っているのか意味が分からなかったし、あの時も、黎二は動けなかった。

あそこまで、真正面からはっきり母親と見つめあったのは初めてだった。
母親の目は、黎二を飲み込みそうなくらいに見開かれていた。
そこにあったのは、奇妙な満足感のように見えた。
彼女は黎二をどん、と突き飛ばした。
彼は尻餅をついた。
母親は、黎二から目を離さず、あの「にたあっ」という笑みを浮かべたままだった。
そして——彼女は、自分の腹に刺さっている包丁を両手でつかんだ。
力を込めて、ずぶずぶと、包丁をおのれの身体の奥まで刺し込んだのだ。
わあああああ。
誰かの悲鳴が上がったが、それが自分の出した声だと気付くまで時間がかかった。
母親は、思い切って包丁を抜いた。びしゅ、と血がほとばしる。
黎二の足元にも、ぴしゃっと血が飛んできた。
それでも、黎二を見つめたまま、彼女の笑みは消えなかった。
彼女は血まみれの包丁で、ためらうことなく、自分の首を突いた。

噴き出す鮮血。

黎二は叫び続けた。

誰かが遠くから駆けつけてきた。複数の大人、続けて上がる悲鳴、男たちの何かを指示する叫び声、バタバタという足音、やがて響いてくるけたたましいサイレン。

やめてくれ。あの音が聞こえてくると、きっと次は――


「おにいちゃん」


やっぱり。

全身が沈みこんでいくような感覚。ずぶずぶと、地面の下に、暗い地下に身体が沈んでいく。ぴくりとも身体を動かせない。指一本も、髪の毛一本も。

やめろ。最期の妹など思い出すものか。ポリバケツの中。あの腐臭、あの血の匂い、奇妙に折れ曲がった身体の妹など、決して。

ぎゅっと目を閉じる。

思い出していいのは、笑子《えみこ》の名前通り、いつもニコニコとあとをついてくる妹だけだ。本当に可愛らしい、優しい笑顔の女の子だった。あんな名前を付けたくせに、そしてちゃんと名前通りに育ったのに、どうしてその名を貶めるような行為を強いる？　なぜ彼女の笑顔を殺すような行為を繰り返す？　いったいなんなんだ、親というのは、母親というのは？

クソ。なぜ、最近また、当時のことを思い出すようになったのだろう。いっときは、封印することに成功していたのに。

分かっている。その原因は、あの――

ふと、ガサ、という音がして、やっと身体が動かせるようになった。

目を開け、音のしたほうを見ると、そこには、その原因がいた。

ぼんやりと、一冊の本を抱え、ただそこに立っている。

今のは、植え込みのあいだを抜けてきた音だったのだ。

黒のジャケットにパンツ、白いシャツにタイ。

制服は男子のものだし、実際、たたずまいと気配は少年のものだが、本当は少女だということを皆が知っている。

男として育てられていたので、女子寮に入ることに強い抵抗を示したという。なんとかなだめすかし、個室にすることでやっと承知したらしい。母親は、身体が弱いという理由で、彼女をほとんど学校に行かせず、勉強は自分で教えていたという。

同じファミリーに入ってきた娘。

殺伐とした雰囲気。痩《や》せ細り、天然パーマらしきゆるやかにウエーブのかかった茶色っぽい髪は、くしゃっとして乱れている。

無表情、というよりは常に不機嫌さや怯《おび》え、怒りと困惑といったものを顔というパレットの上でごちゃ混ぜにしたために、無彩色になってしまったように見える。

「ここ、いい?」

麗子《れいこ》はぶっきらぼうに、黎二の隣のベンチを指差した。

「どうぞ。別に俺のベンチじゃない」

麗子はベンチの向こう端に腰を下ろすと、手にしていた本を開いた。

おかしな奴だ。

ここ数日、気が付くと、近くにいて、話しかけるでもなくそこにいる。

その気配はあくまでも少年のものだ。隣にいる時に感覚を研ぎ澄ましてみても、少年がいるとしか思えない。

なのに、なぜだろう。

黎二は彼女を——麗子を見るともなしに、じっと観察した。

妹に似ても似つかない顔だし、全く異なる雰囲気だというのに、なぜか彼女を見ていると妹のことが思い出されてしまうのだ。

なぜだ。なんの共通点もないのに。

苛立ちを覚える。

不意に、麗子がパッとこちらを見た。

「何、見てんだよ」

この上なくぶっきらぼうな声。

黎二は肩をすくめた。

「別に。何も見てない。そっちが勝手に俺の視界に入ってきたんだ」

「そっか」

麗子はそう呟いて、再び本に目を落とす。

近付いてきておいて、何見てんだよ、もなにもないもんだ。

やれやれ、と黎二はベンチの上に転がった。


また翌日も、彼女は黎二がいるベンチの隣にやってきた。

顔に本をかぶせて昼寝をしていたのだが、彼女が来たのは気配で分かった。

あの、少年の気配。

ちらっと見ると、静かに座って昨日と同じ本を読んでいる。

放っておこう。

黎二はそう決めた。

そこに、ひらひらとモンシロチョウが飛んできて、彼女の頭に止まり、つかのまじっとしていたが、やがて移動して肩に止まった。

麗子は気付いていない。

ゆっくりと翅《はね》を開いたり閉じたりしている蝶と彼女の横顔の組み合わせは、絵本の中の一場面のようだった。

「あはは、似合ってるぜ」

思わずそう呟くと、麗子は「え？」と振り返り、肩の蝶に気付いた。

「あ」と目を丸くする。

肩に手を伸ばそうとすると、ふわっと蝶が舞い上がった。

彼女はそのまま、蝶に向かって手を伸ばした。

蝶は、ひらひらとジグザグな線を描きつつ高く舞い上がり、飛び去っていく。

黎二も蝶を目で追う。

麗子はなかなか手を下ろさなかった。

「ふふ。おまえの頭を花と勘違いしたみたいだな」

黎二がそう呟くと、麗子はサッと顔色を変えた。

「やめてくれ」

悲鳴のような声を上げて、黎二を睨みつける。

その顔に浮かんでいるのが、紛れもない恐怖であることに、黎二は驚いた。

麗子はわなわなと声を震わせる。

「僕は、そんなんじゃない。そんな、女々しい花なんかじゃ」

「けなしたつもりはないぞ」

黎二は慌てて言った。

「おまえと蝶の組み合わせが、綺麗な絵みたいだった。素直にそう思っただけだ」

麗子は、意表を突かれたような顔になり、何かを言おうと迷っている様子だったが、やがて口を閉じ、ふっと表情を緩めた。

黎二は「あっ」と思った。

寄る辺ない、途方に暮れた子供のような、淋しげで無垢な顔。

これだ。この表情だ。たまに見せるこの顔が、初めて会った時の笑子に似ているのだ。

が、それはほんの一瞬だった。たちまちその表情は消え、いつもの殺伐とした無表情に戻る。

「ふん」

麗子はそっぽを向き、本を閉じて立ち上がると、スタスタと歩き去った。


次の時は、歩いてくる彼女にこちらから声を掛けた。

「よう。元気か?」

声を掛けられたのが意外だったらしく、彼女はどぎまぎした様子だった。

「まあね」

そう呟いて、照れたようにいったん顔を背けてから、恐る恐る、といった感じで黎二を見た。

「いつ見ても、ゴロゴロしてるよね。退屈しない?」

まともに会話するのは初めてだった。

「退屈しないさ。ずっと妄想してるから」

「どんな?」

麗子は、隣のベンチの、黎二に近い隅っこに腰掛けた。会うたびに、少しずつ距離を詰めてくる。

少年の気配。

「例えば、な。この学校のある丘が大きな船で、湿原の中を進んでいくところを妄想してる。船に乗ったまま、世界中の国々を回っているところを」

「ふうん」

麗子は宙を見上げた。

彼女も、そのさまを想像しているのだろう。

「湿原に生えている、野生の麦を押しつぶしていくところとか、低い木が折れるところを想像する。木の枝に止まっていた鳥が、慌てて逃げ出すところを想像する。船の舳先《へさき》に立って、行く手に見えてくる港を見つけて歓声を上げるところを想像する」

麗子はじっと宙を見上げたままだ。

「——キレイだね」

真顔でぽつんと呟いた彼女を、黎二はちらっと見た。

確かに、彼女が黎二と同じものを見ていることが分かったからだ。

「うん、キレイだろ？　こんなふうに、いつも頭の中で旅してるから、退屈するヒマなんてないさ」

「なるほどね」

会話が途切れ、しばらく沈黙が続いた。

気詰まりな感じはしなかった。

意外だな、と黎二は思った。一緒に居ても疲れないし、そこにいるのは少年で、性の違いを感じない。

「ファミリーってさ、どういう家族構成なわけ？　最上級生が親ってこと？」

麗子が尋ねた。

「さあね。ファミリーごとに構成は違うと思うけど、親じゃあまりにも年寄り扱いだから、きょうだいくらいにしとけばいいんじゃないか？　さしずめ、おまえは末の弟ってことになるな」

「末の弟、か」

麗子は何がおかしいのか、くすっと小さく笑った。

黎二は、それが、初めて聞く彼女の笑い声だと気付いた。


いつのまにか、ペンを走らせていた。

麗子が穏やかな顔で本を読んでいるところを見ているうちに、ふと描いてみたくなったのだ。

子供の頃は絵を描くのが好きだったのに、ここ数年は全く絵筆を執《と》っていなかった。

手帳の後ろのほうに無地のページがあるのを思い出し、胸ポケットにいつも入れている、愛用の万年筆を取り出す。

本は描かない、と決めた。描くのは、本に目を落としている麗子のバストアップのみ。

頭から順番に、素早い筆致で描き出す。

髪、眉、目、鼻、口。

みるみるうちに、麗子の顔が紙の上に現れる。

視線を感じたのか、麗子が顔を上げてこちらを見た。

黎二が麗子の顔と手帳とを交互に見ているので、絵を描いていると気付いたらしい。

「何、描いてるんだよ」

麗子は立ち上がり、黎二のところにやってきた。

「おまえ」

ちょうど、大部分が描き上がった。

「けっこう似てると思うけどな」

麗子は手帳を覗き込み、その絵を目にしたとたん、いつかのように顔色を変えた。

「僕は、こんなじゃない」

青ざめた顔で首を左右に振る。

やはり、その顔に浮かんでいるのは恐怖だった。

「こんな――これじゃあ、まるで女じゃないか――そんな、女々しいなんて――違うんだ、僕は。そんなつもりは」

彼女の言葉が切れぎれに、意味不明になっていき、その表情が混乱していくのを、黎二はあぜんとして見守っていた。

彼女の中で何が起きている？　なんでこんな反応をする？

やがて、彼女は自分が支離滅裂なことを言っていることに気付いたのか、サッと顔を赤らめると、くるりと背を向け、駆け出していってしまった。

黎二はあぜんとしたまま、彼女のスケッチと共に中庭に残される。


それから数日間、彼女は黎二の前に現れなかった。ファミリーのところにも来ていないようだ。

彼女の姿を校内に探すが、見つからない。

寮にいるのか？

光湖《みつこ》に頼んで、寮に捜しにいってもらったが、いない、という返事。

どこだ。どこにいる。

妙な胸騒ぎがした。

いつしか動悸が激しくなり、募る不安を抱えて、構内を駆け回る。

クソ。誰かを捜すには、広すぎる場所だ。

キョロキョロしていると、パッと小さな影が目に飛び込んできた。

通路の外れの低い壁にもたれている麗子だ。

ホッ、とまずは胸を撫で下ろす。

呼吸を整えてからそっと近寄っていき、少し離れたところで立ち止まった。

少しして、麗子が黎二に気付く。

「悪かった」

黎二がそう声を掛けると、麗子は戸惑った顔になる。

「何が？」

「俺の描いた絵が嫌だったんだろ？　謝る」

「謝ることないよ」

麗子は弱々しく答えた。

「僕が勝手に気を悪くしただけだ」

「そうなのか？」

「そうさ」

麗子は俯き加減に歩き出し、足早に黎二の脇を通り過ぎた。

「待てよ」

黎二は振り向き、その背中を目で追う。

が、少し行ったところで彼女は突然立ち止まり、下腹を押さえた。

「──っつ」

下腹をかばうように身体をかがめる。

黎二は彼女に駆け寄った。

その顔を覗き込むと、顔が青いのを通り越して白くなっている上に、額に脂汗が浮かんでいた。

「おい。どうした。具合悪いのか」

「なんでもない」

麗子は慌てたように、黎二の声を遮って小さく叫んだ。

「なんでもないことないだろ。おまえの顔、血の気がないぞ。医務室に行こう」

麗子はへへ、と力なく苦笑いをして首を振った。

「ちがうんだ。僕は、できそこないだから、毎月こうなる」

黎二は耳を疑った。

生理か、とピンときた。

が、できそこないというのは？

「どういう意味だ？」

自分の声が尖るのを感じる。

麗子が、無表情に答える。

「男のできそこない、だってさ」

黎二はぎょっとした。伝聞口調。

「なんだそりゃ。誰だ、そんな馬鹿げたことを言ったのは」

「ママだよ」

麗子は当然、といった口調で続ける。

「ママはいつも言ってた。おまえはタケシのできそこないだから、そんなふうになるんだって」

黎二は頭に血が昇るのを感じた。

母親だと？

「小さい頃はよかったんだ」

麗子は低く呟いた。

「タケシの服もぴったりだったし、ママはすごく可愛がってくれた。いつも僕をニコニコして見ていたし、歌を歌うと喜んでくれた。勉強も教えてくれたし、いっぱい絵本も読んでくれたし、ピアノも弾いてくれた」

幸福な記憶なのだろう。

目がきらきらと輝いているし、かすかに笑みも浮かんでいる。

その表情が、あどけなく美しいことに黎二は胸を衝かれた。

こんな顔もできるのか。いや、これが本来の顔なのか。

そのことが逆に傷ましかった。

「でも――十二歳の時に、これが始まってしまった」

麗子の声が暗くなる。

「病気なんだ、と思って慌ててママに聞いたら、ママはものすごく怒った。おまえはできそこないだ、できそこないだから、そんなふうになったんだって。ごめんなさい、って何度も謝ったんだけど、ママの機嫌は直らなかった。そんなできそこないは、ママの子じゃないって」

麗子はふっ、と低く自嘲気味に笑った。

「僕は、ママをがっかりさせちゃったんだ。少しでもママに喜んでもらおうと思って、これを止めようと頑張った」

「頑張った、って――そんなの、どうやって」

「痩せると止まるって話を聞いたから、水だけ飲んで、我慢して何も食べないようにしたんだけど、お腹が空いてふらふらになってしまっただけで、うまくいかなかった」

黎二の中に、強烈な怒りと哀しみが突き上げてくる。

笑子と似ていると思った真の理由が分かった。

こいつも、ずっと母親にスポイルされてきたからだ。スポイルされていると自覚する前にそのことを受け入れてしまい、自分を母親の言うとおりの存在だと認めてしまっているからだ。

麗子はよろよろとうずくまり、頭を抱えた。

「ママは口をきいてくれなくなった。それからは、なんとか、これになっていることをずっと隠すようにしていたんだけど、ある時、見つかっちゃったんだ。ママはとても怒って、こんなできそこないとは一緒にいられないって、家を出ていっちゃった。追いかけようとしたら、ついてくるなって怒鳴られた」

麗子は低く唸った。

「ママは、そのまま、帰ってこなかった。車に撥《は》ねられて、死んじゃった」

その肩が細かく震えている。

「現場にいた人、みんなが言った。ママは、車がびゅんびゅん走ってる道路に向かって、まっすぐ飛び出してきたんだって」

肩の震えが大きくなった。

「僕のせいだ。僕がママをがっかりさせたから」

あたしも、ね。


突然、頭の中に、あの声が降ってきた。

黎二は棒立ちになった。

天啓のように悟ったのだ。

麗子の母親が死ぬ前に見せた怒りと、彼の母親が死ぬ前に見せた笑いは同じものだったのだ、と。

それは――「絶望」だった。

あの時、母が見せた壮絶な笑み。あれは、自分が産んだ息子に憎まれ刺されるという、あまりにも情けない事実に対して彼女が感じた絶望なのだ。

あたしも、ね。

その前に、彼女は、妹の死骸を前にしている黎二に声を掛けた――「やっとほんとの生ゴミになったわねえ」と。そして、振り向いた息子の顔に凄まじい憎悪を見て、その息子に刺された。

そんな状況に陥ったおのれに対する絶望があの笑みであり、おのれも死を選ぶことで「あたしも生ゴミになったわね」と自嘲したのだ。

麗子の母親も同じだ。麗子を娘として受け入れられない自分に対する絶望。それが彼女の怒りだった——そして、その絶望が、彼女を車の前に飛び出させた。

母は、俺の放した包丁の柄をべったりと両手で握った。

俺の指紋を拭い去るかのように、両手でしっかりと握りしめた。そして、自ら包丁で腹をえぐり、最初に包丁の刺さった角度を分からなくしてから、乱暴に包丁を引き抜き、自分の喉を突いたのだ。

そして、母の死は、俺の妹との無理心中ということで片付けられた——

「違うっ」

黎二はいつのまにかそう叫んでいた。

麗子が驚いたように顔を上げた。

「それは、違う」

黎二は彼女の前に膝を突き、彼女の目を見つめた。

「おまえのせいじゃない」

黎二の鬼のような形相に、麗子は怯えたような顔になったが、同時に、その目の奥に、ポッと希望のようなものが灯った。

彼女が罪悪感を否定されたのは、これが初めてだったのだろう。

そして、黎二は自分が誰に向かって何を否定しているのかが分からなくなった。

自分に向かってなのだろうか。麗子に向かってなのだろうか。

「黎二?」

麗子の顔が滲《にじ》んだ。

「黎二、どうしたの?」

いつのまにか、自分が泣いていることに気付いた。

なぜだろう。これはなんの涙だろう。

分からない。けれど、悔しくてたまらない。同時に、哀しくてたまらない。

「違う」

黎二はそう繰り返し、しゃくりあげていた。

麗子が、黎二の肩に手を回すのを感じた。やはり、伝わってくるのは少年の気配だ。

耳元で声がした。


「お兄ちゃん、ありがとう」


笑子？

黎二は目をしばたたいた。

が、そこにあるのは、やはり涙を流している麗子の顔だ。

黎二がよほど不思議そうな顔をしていたのか、麗子がクッ、と笑った。

「だって、僕は、お兄ちゃんたちの末の弟なんだろ？」

「そうか。そうだったな」

だけど、今の声は、笑子だった。笑子が麗子の身体を借りて、そう言ってくれたような気がした。

「お兄ちゃん。あの絵、僕にちょうだい」

麗子の声が言った。

黎二は何度も頷く。

「ああ。おまえにやる。捨てるなり破くなり、好きにしてくれ」

「僕の部屋に飾る。僕の船室に」

麗子はそう囁いた。

「僕と一緒に、世界中を旅する」

「そうか。そうだな」

黎二は目を閉じた。


青い湿原をゆく、麗子と黎二が甲板にいる、大きな船が見えた。

月蝕

こんな夜は、彼らのことを思い出す。
聖《ひじり》は手を止めて、暗い窓の外に目をやる。
窓ガラスからは、醒めた目をした青年が見つめ返してくる。
こんな夜。おい、こんな夜って、どんな夜なんだ？　その顔に問いかける。
ふと、窓の外に、明るい炎を見たような気がした。

ゆらゆらと揺れる炎に照らし出された横顔。
あれは月の無い夜のことだった——

そうか、月か。今宵は、月が消えようとしている晩だからか。
外に目をやると、路上で、若者たちが携帯電話を空に向けているのが見えた。
もう皆既月食が始まっているのだ。
聖は、そっと窓を開けて空を見上げた。
雲のない夜空に、やけに生々しく月が浮かんでいる。そして、普段の満ち欠けとは違う、やはり生々しい影がじりじりと月の表面を覆っていくのが分かった。

同時に惑星食が発生するのは数百年ぶりという天体イベント。次回この地で観測できるのはやはり数百年先、などという話を聞いて、どれほどの人間がタイムスパンを実感できるのだろうか。おのれの人生はせいぜい百年だというのに、このイベントの稀少さをどう把握しろと？

歓声を上げて写真を撮っている若者たち。

奇妙な生き物だ、人間というのは。おのれの存在しなかった時代について知っているし、おのれの存在しなくなった時代のことまで想像できる。

そして、過ぎ去ったかつての時間についても、考えることができる――

聖は窓を閉め、机の上の紙と鉛筆に目をやった。

パソコン全盛時代であっても、やはり紙の上に鉛筆で、思いついたことを書いたり、消したり、バツ印を付けて書き足したり、しばし沈思黙考したりして、思考の過程を残していく行為は落ち着く。数学者は、黒板にチョークで思考の過程を書いていくことを好む。あの、カチカチという音を立てつつ白い線を描き出すという行為が、数学している、というドライブ感を生み出すからだ。

やり残した宿題——放っておいた宿題。

思えば、あの年は不思議な年だった。あそこで出会った彼らは、ただでさえ特殊な場所で過ごした時間の中でも、最も特別な者たちだった。

そして、彼らは謎のまま、聖の中にもやもやしたものを残して去っていったのだ。

何かを見逃しているような。

何かが間違っているような。

聖はしばらくのあいだ、そんな消化不良な感覚に悩まされていたものだ。

あそこでいったい何が起きていたのか——


あの教師が来たのは、「彼女」が去って、少ししてからのことだった。

堅苦しい、ひっつめ髪に銀縁眼鏡という、いかにも教師然とした中年女だった。

すらっとして背が高く、低めのヒール靴でも、俺が見上げるほどだった。

灰色のスカートにボウタイ付きのブラウス、という服装も堅苦しく、メイクの色も暗め。なんとなく、わざわざ老けたメイクをしているような気がした。もしかすると、見た目よりもずっと若いのかもしれない。年齢詐称、という言葉が頭に浮かんだ。

俺が教わっていた教師に、家族が事故に遭って重体だという連絡があり、彼は急遽帰省したのだ。その後も、予断を許さぬ状況が続いているので、付き添いのためしばらく休むということだった。

二週間ほどして、彼がいない間の代わりということでやってきたのがその女だった。

ここでは、名前しかない生徒とは逆に、教師は名字しかない。

彼女は一応、表面上は親しげな笑みを浮かべ「高橋《たかはし》です」と名乗った。

だが、なぜかその瞬間、俺は「偽名だ」と直感したのだった。

「ゆりかご」か「養成所」か、はたまた「墓場」か。

湿原に浮かぶ檻、と密かに呼ばれていた全寮制の学校。

べらぼうにカネの掛かる学校であるが、需要はあったらしく、訳ありの生徒が常に出入りしていた。国籍もバラバラで、異国感、つまり治外法権的な空気が漂っていた。

「ゆりかご」、即ち厳しい世間の荒波に当てぬよう、温室で守りたい者。

「養成所」、即ち特殊技能や才能があって、それに特化した生活を送る者。

「墓場」、即ち世間に知られたくない者、世間から隠しておきたい者、あるいは、いなかったことにしてほしい者。

聖は、「ゆりかご」と「養成所」は二の次で、あの学園の真の目的は「墓場」にあると確信していた。

「ゆりかご」と「養成所」は、いわば隠れ蓑だ。実際、あの学園の出身者にはきらびやかなギフテッド・チャイルドが多く、学園の宣伝になっている。が、それ以上に、あの学園ではしばしば人が消え、それが問題にされず、秘密裡に処理されることが、一部の父兄からは重要視されていると感じた。

聖自身、ちょっとばかり数学の才能があったがために、周囲からは「養成所」扱いされていたが、自分では「墓場」にも片足突っ込んでるよな、と自嘲気味に考えていた。

確かに、よい教師を付けてもらったことには感謝しているし、ゆっくり学習できる環境にいることもありがたかったが、子供らしくない聖が大人たちから疎まれているのは気付いていたし、腹違いの兄たちが彼を煙たがっていたことも知っていた。だから、学園に放り込まれた時は、「ああ、やはり手元に置きたいとは思われなかったのだな」「厄介払いされたのだな」という寂寥感と、「せいせいした」「これで思う存分数学ができる」という解放感とがほぼ拮抗していたことを記憶している。

だが、学園で過ごすうちに、しばしば不安になったことは否定できない。

俺は本当に「養成所」なのか？　「厄介払い」がメインなのではないか？　そして、「墓場に片足を突っ込んでいる」というのは、自嘲ではなく、文字通りの真実なのではないか？

定期的にそんな疑念が湧いてきて、恐ろしくなるのだ。努めて考えないようにし、平静を装っていたものの、用心するに越したことはない、と周囲を微細に観察する癖がついてしまった。

学園生活はおしなべて平穏だった。この中では、生徒たちに名字はなく、常に名前だけで呼ばれる。出自や属性を消した、名前だけの存在になるのだ。

元々「ゆりかご」や「養成所」、ましてや「墓場」組とのあいだには溝があったし、生徒たちは互いに距離を置いていた。それでいて、なんとなく生徒たちの属性についての噂がどこからともなく流れてきて、しかもそれがだいたい当たっていることが多かった。

今にしてみると、あの噂はどこから出てきていたのだろう?


高橋は優秀だった。

教わり始めてすぐに、俺は休んでいる正規の教師よりも、この女のほうが遥かに能力が高いことに気がついた。

しかも、なんというか——「余技」という印象を受けるのだ。

本職は別のところにあって、数学教師は片手間というか、その本職のスキルの一部のみを使っている、とでもいうような。

正規の教師も、プロ数学者ではあったのだが、この女の底知れぬ感じに比べれば、どこか「浅い」ものに思えた。

なんなのだろう、この女。

俺は、薄気味悪いものを感じた。

ほんの数ヵ月の「代替教師」に、こんなレベルの高い教師が来るなんて。

いくらこの学校が高額報酬といえども、これほどの人材がすぐに「代わりに」来られるものなのだろうか。

おまけに、彼女には全くスキがなかった。地味で目立たないというのと、スキがないのとは全く違う。その癖、どこか用心深く周囲を観察しているように思える。

もしかして、軍人だろうか?

一瞬、そんなことを考えた。

例えば、イスラエル軍には、国のトップクラスの頭脳が率先して入るという。彼らは軍で国の軍事費を使って最先端の研究と技術開発を行い、兵役を終えるとそれらの技術を基に起業し、利益の一部を国に還元する。

まさかね、と苦笑し打ち消したが、どこか捨て切れないものがあった。

刺客。ふと、そんな言葉が頭に浮かんでしまったのだ。

いいタイミングだ。そうも思った。

「養成所」と思わせておいて、油断したところに、刺客を送り込む。彼女が来たのは、そんな思惑を持つ者にはピッタリなタイミングではないか。

俺は背筋が冷たくなるのを感じた。

高橋は、俺を「始末」しに来たのだろうか？


「彼女」が去ったあと、文字通り、学園はがらんとした殺風景なものになったような感覚に襲われた。

それでなくとも、あの年度に、聖たちは、何人ものファミリーを失ったのだ。

異常だった。しかし、あの場所では、異常すらもが日常の一部だった。

ファミリー——学年の縦割りで作る、まさに擬似家族。

学年毎に人数が異なるため、聖たちのファミリーはいつも数が足りず、半端者ばかりだった。

同じファミリーだった黎二。そして麗子。

こうして名前を呟いてみても、もはや二人がこの世に存在しないという実感が持てない。

麗子はずっと男の子の格好をしていて、繊細な子だった。とんでもない養母の下で、男の子として育てられたせいで、精神的に歪みと軋みがあって、放っておけなかったのか、黎二は麗子が入ってきた時から、兄のように面倒を見ていた。

黎二はマトモでいい奴だったが、どこか陰があり、しかも露悪的な部分があった。彼には、妹を虐待していた親を刺したという噂があって、なるほど、麗子は妹の代わりというわけか、と見ていて納得したものだ。

麗子のほうでも、黎二には心を許していた。

黎二のお陰で、ファミリーに入ってきた頃の全身を覆っていた緊張感や攻撃的なものが消え、穏やかに過ごせるようになったのだ。

しかし、平和な日々は長くは続かなかった。

麗子は、次第に黎二への執着を深めていき、やがて別の緊張感が漂うようになってしまったのだ。

黎二の姿が見えないとパニックめいた顔になる。黎二が誰かと二人でいると、その相手に激しく嫉妬する。

黎二はあくまでもきょうだいのように接し続けていたが、そのことに麗子が不満を抱き始めているのは明らかだった。

どうするんだよ、黎二。一生、彼女に付いていてやるわけにはいかないぞ。

ある時、彼に尋ねたことがある。

二人で一緒に長時間勉強をしていた、というだけで、麗子が聖にヒステリーを起こし、聖のノートをびりびりに破いて撒き散らしていったのだ。まるで、小さな嵐が過ぎ去った後のようだった。

聖はノートを繋ぎ合わせるのに四苦八苦していた。思考の過程だけは、なんとしても残しておきたかったのだ。

どうしようもない。

黎二はひどく暗い顔をして答えた。

彼女には、庇護者としてしか接することができない。かといって、突き放すことも、俺にはできない。

黎二の気持ちは分からないでもなかったが、なんらかの破局が迫っていることはファミリーの誰もが感じていた。

ところが、突然、麗子が姿を消したのだ。

本当に、唐突としか言いようのないタイミングだった。

前から、噂には聞いていたし、他のファミリーで消えた生徒がいたのも知っていた。けれど、自分のファミリーから人がいなくなったのは初めてで、改めて学園の「真の目的」について考えるとゾッとせざるを得なかった。その前に、功《いさお》という子がいなくなっていたが、聖は、彼の実家から連絡が来ていたのを知っていたし、そちらは本当に家庭の事情だろうと思っていた。しかし、麗子はどう考えても違う。

不安になるのと同時に、聖は、学園の目的について、もうひとつ可能性があることに気付いた。

「療養所」である。

姿を消した子は、メンタル的に不安定であることが多かった。麗子もまさにそれにあてはまる。

日頃から誰かが生徒の様子をチェックしていて、決定的なダメージがある前に、先手を打って「保護」しているのではないか。そんな気がしたのだ。

チェック。

俺たちは、注意深く見張られている。

そのことに気付いているのは、恐らく聖だけではなかったと思う。黎二や憂理、そしてヨハンも気付いていたはずだ。

監視カメラ。盗聴器。そういったものが、うまくカムフラージュされて、学園内に張り巡らされていた。生徒の人権もプライバシーもあったものではないが、民間施設でカネのかかる檻の中の動物なのだから、文句は言わせないというわけだ。たぶん、親にも一筆入れさせているに違いない。

そして、それらの情報が集約されている男——あの校長の存在がある。

あの校長が学園の支配者であることは間違いなかった。

恐ろしく頭脳明晰な、男にも女にもなれる、美しく、強く、カリスマ性のある、そしてどことなく不吉な男。

聖はあの校長が苦手だった。親衛隊と呼ばれるようなファンもたくさんいたが、彼はなんとなく避けていた。どこかに獰猛さと残酷さを秘めたあの男の、爪の届く範囲内にいたくなかったのだ。

校長は定期的にお茶会なるものを催して、お気に入りの生徒、そうでない生徒、チェックしたい生徒を集めていた。ああいう形でも情報収集をしているわけだ。

校長は、しばしばお茶に薬を混ぜて特定の生徒に飲ませている、という噂もあった。

そういう薬は「療養所」から来ているのだろう。

麗子がいなくなり、黎二は複雑な心境のようだった。破局が避けられたという安堵の気持ちと、庇護すべき対象が消えてしまったという喪失感と。

ファミリーたちも、ぽっかりと空いた席を、見て見ぬふりをするしかなかった。

そこに、「彼女」がやってきたのだ。

俺は、もうアメリカのM工科大学に留学することが決まっていた。

今年の秋の、向こうの新学期からは、もうアメリカだ。それまでのあいだ、この学校で時間を潰すつもりだった。家に帰る気はなかったし、たぶん日本にももう戻らないだろう。

高橋は、不気味な存在ではあったものの、授業は面白かったし、恐らく高橋のほうでも、俺を教えることに興趣を覚えているようだった。なので、おかしなことに、授業のあいだだけは安心していられたし、高橋にもシンパシーを覚えた。

彼女は、それこそ「余技の余技」で、他の生徒にも普通の数学を教えていたし、茶道部や美術部の顧問の手伝いまでしていた。

ずいぶん「余技」の多い女だ、と思っていたら、ある時、ヨハンがすっと俺のところにやってきた。何か話したそうにしているので、「どうかした?」と尋ねると、「ちょっといいかな」と人のいない庭の隅に行く。

盗聴器を警戒しているのだ、とピンときた。

「ねえ、あの、今度来た数学の教師って、どう?」

いきなりそう切り出すので、「どうって、どういう意味?」と聞き返す。

「いや、その、このあいだ聞かれたんだよね。聖は誰と寮で同室なのかって」

「彼女に?」

「そう。まあ、彼女は聖の担任みたいなものだろうから聞いたのかな、と思ったんだけど、何か違和感を覚えてね——目立たないように、聖の後を尾《つ》けてるように感じたこともあるし」

背中に冷水を浴びせられたような心地になる。

なるほど、さすがにヨハンもいろいろと気がつくようだ。

同室が誰か。それは、もし彼女が刺客であるならば、重要な情報だ。俺の後を尾けていたのは、俺の生活パターンを把握するためか。

「彼女」は不思議な子だった。

とても綺麗な子で、存在感があった。

一目見て、なぜかギクリとしたことを覚えている。

ヨハンだったろうか、本当に綺麗な女の子は傷ついている、と言ったのは。

傷ついているわけではないが、「彼女」の内包しているものに、聖は複雑でネガティブなものを感じた。

そのいっぽうで、どこか彼女は上の空だった。聖が一瞥すれば、だいたいすぐに「ゆりかご」「養成所」「墓場」のどれに属するか分かるのに、彼女は全く分からなかった。

強いていえば、すべてが混ざっているというか、モザイク状になっているように思えた。ある一点から見れば「ゆりかご」だが、別の方向から見れば「墓場」、みたいな。

そう、彼女は変則的に二月にやってきた。そして、その翌日、正規の手続きで来たヨハンというのも、不思議なやつだった。

誰もが引き込まれるような明るいオーラの持ち主で、感じがよくて、美しくて、「天使のような」顔をした少年だった。

だが、聖は、彼を見たとたん、みんなとは異なる印象を受けた。

「本物の悪魔というのは、こういう姿で現れるんだろうな」という印象だ。

我ながらうがった見方だな、とは思ったものの、やがてまたいずこからか流れてきた噂は、それを裏付けるようなものだった。

マフィアの息子――それも歴史ある欧州の暗黒世界に、伏流のように広く根を張った一族の、超大物の息子。

学園には、そっち系の子供も少なからず入学していた。にしても、そんな遠いところからやってくるとは。

信じがたいようでもあり、自分の勘が当たった、と納得する気持ちもあった。

ヨハンは「彼女」に好感を持ち、積極的にアプローチしていたが、聖はそこにもどこかしら違和感を覚えた。

彼が、前から「彼女」のことを知っていて、親しくしているような気がしたのである。

いったい「彼女」は何者なのだろう？

三月以外は入学させないという方針のはずなのに、二月に入ってきたし、そのことで周囲や、なにより校長から理不尽なプレッシャーを掛けられていた。校長の親衛隊にも目をつけられて何かと嫌がらせをされていたし、もしかして「墓場」なのか？　と思ったほどだ。「彼女」を追い込んで、「始末」するつもりなのだろうか、と。

しかし、「彼女」の混乱と定まらない印象の理由が、「彼女」が事故に遭って、ここ数年の記憶を失っているからだ、と判明したのは、ずいぶん後のことだった。

なるほど、記憶喪失。

あの「上の空」の理由はそこにあったのか。

腑に落ちたものの、「彼女」と校長、ヨハンの関係が今ひとつよくつかめない。

黎二はそんな「彼女」にも庇護欲を刺激されたのか、「妹」の面影を見ていたのかは分からない。が、麗子とは違って、明らかに「彼女」に「女の子」としての好意を持っていた。

それが、結果として、黎二を殺すことになるとは。

「私が洗っておきますよ。急ぐんでしょう?」

「まあ、高橋先生にそんな、洗いものなんてしていただくわけには」

「大丈夫。ほら、遅れると教頭先生に叱られますよ」

「すみません、ではお言葉に甘えて」

「足元が見えにくいでしょうから、気をつけて」

そんなやりとりが給湯室から聞こえてきて、通りかかった俺は、なんとなくサッと近くに隠れた。

給湯室から、少し慌てた様子の、お腹の大きい女性事務員が出てきて、腕時計を見ながら廊下の奥に消えた。会議か何かに違いない。

あれで妊娠何ヵ月だろう。もうじき産休に入ると言っていたっけ。

俺は、給湯室にいる、高橋の後ろ姿をそっと覗き込んだ。

高橋は、複数のマグカップを前に、何かしていた。

ひとつずつ袋に入った、ドリップ式のコーヒーを入れようとしているようだ。

湯気が上がり、コーヒーのいい香りが漂ってきた。

なぜか、目を離せなかった。

突然、高橋はジャケットのポケットから小さな包みを取り出し、端をちぎると、マグカップのひとつに、素早く白い粉状のものを入れた。

えっ、と思った。

なんだあれ。

胸がどきどきしてくる。

粉ミルクでも、砂糖でもない。あれは、明らかに何かの薬だ。

スプーンでコーヒーを掻き混ぜる音がして、高橋がこちらを振り返る気配がしたので、聖は慌てて廊下の陰に引っ込んだ。

二つのマグカップを持って、高橋が給湯室を出てきた。

俺は遠回りをして、いつも拠点にしている、レクチャールームに足を踏み入れた。

すると、そこに高橋がいて、俺が入っていくと、嬉しそうな顔で手招きをするではないか。

俺はギクリとした。

彼女の前には、湯気を立ち上らせているマグカップがふたつ。

「聖君。コーヒーを入れたんだけど、どう?」

ポケットから取り出した包み。白い粉。

「ありがとうございます」

俺は、なんとか笑顔を作ってみせた。

「でも、今、向こうで、みんなと飲んできちゃったんで、置いといてください。後で飲みます」

「あら、そうなの」

高橋の表情は変わらなかった。

落胆や、舌打ちでもするのではないかと思ってとっさに観察したが、このスキのない女が、そんな表情を見せるはずもなかった。

「それより、聞きたいところがあるんですけど、いいですか」

俺は、あえて勢いこんで、ノートを開いてみせた。心から聞きたいことがあって、コーヒーのことなどもう眼中にない、というふうに装ったのだ。

その癖、意識は、目の前のマグカップに引き寄せられていた。

あの白い粉の入ったコーヒー。

このコーヒーを飲んだら、俺はどうなる？　苦しみ出して、あの世行きか？

いや、それではすぐにコーヒーに毒が入っていたと分かってしまう。俺だったら、徐々に眠くなるような薬を入れて、しばらくして動けなくなったところを見計らって、人目につかないところで――

「聖君、何を聞きたいの？」

つかのま、不吉な想像に気を取られていたことに気付き、俺は「あ、それはですね」と急いで高橋の顔を見て、ギクリとした。

高橋が、真正面から、俺を見ていた。

全てを見透かすような、鋭く不気味な目で。

俺が絶句していると、彼女は、おもむろに自分の前のマグカップを取り上げて、ゴクり、とコーヒーを飲んだ。


ハロウィン・パーティの日に何が起きたのか。

今となってはよく分からない。

やはり、麗子は「療養所」にいた。『青の丘』のどこかで、学園から引き離されて暮らしていたのだ。

どうやら、しばしば麗子はこっそり「療養所」を抜け出していたものらしい。そして、黎二と一緒にいる「彼女」、黎二が真に愛情を注いでいる「彼女」を目にしたのだ。

それは不幸な出会いだった。黎二は「彼女」に襲い掛かる麗子から「彼女」をかばって、おのれの身体に刃を受け、麗子と共に湿原に落ちていったのだ。

結局、黎二は「妹」の影から逃れることはできなかった——

あの日以来、なんとなくファミリーは停滞した。

黎二たちの話題を避けたというのもあるし、それぞれの進路に専念するようになったせいもある。

聖は、おとなしくなった「彼女」の観察を続けていた。

なぜか校長はもはや「彼女」に興味を失ったようだったし、「彼女」は「放っておかれる」ようになっていたのだ。

だが、聖の目には、「彼女」は以前よりも落ち着いたように思えた。

自分に集中している、内省的作業に没入している。そう見えたのだ。

「彼女」は、ひょっとして記憶を取り戻したのではないか？

そう思って、「彼女」と親しくしていた憂理にも聞いてみたのだが、憂理は「分からない」と首を振るばかりだった。憂理は、麗子を失ったことが相当なショックだったらしい。

あいつも鼻っ柱の強さの割に、かなりナイーヴなところのある子だった。今はどうしているのだろうか。女優を目指していたが、聖は芸能関係に疎いので、消息不明のままなのだけれど。

そしてまた唐突に、次の春が来る前に、「彼女」はここを出ていくことになると知らされたのだった。

給湯室であの一件を目撃した時から、高橋は俺に対する敵意のようなものを隠さなくなった。

俺はどこにいても、高橋の視線を感じた。

狙われている。俺が一人になる機会を待っている。そんな気がした。

どうすればいい？　どうすれば。

俺は神経質になっていた。

秋までここで過ごそうと思っていたけれど、高橋につけ狙われたまま、こんな毎日が続くなんて、耐えられない。一日も早くここを立ち去ったほうがいいのかもしれない。家に帰る？　いや、どこかウイークリーマンションでも借りて——だが、俺はまだ未成年。借りられるだろうか？　そもそも、手続きできるのだろうか？

誰にも相談できなかった。

息が詰まりそうだった。

それでも、奇妙なことに、授業だけは続いていた。

やはり、授業中だけは、高橋と俺は、ただの教師と生徒という関係で、互いに休戦状態とでもいうのか、穏やかな時間を過ごすことができた。数学への信頼だけが、二人を結びつけていたのだ。

俺は、授業以外はなるべくファミリーと一緒に過ごし、あとは寮の自分の部屋に閉じこもるようになった。今は、ルームメイトがおらず、一人で部屋を使っていたので、鍵の掛かる個室にいる時だけは、安心することができたからだ。

しかし、高橋は執拗だった。

毎朝、寮を出たその瞬間から、彼女の目が俺を見ていることが分かった。

あいつ、いったいいつ寝ているんだ?

不思議になるほど、昼も夜も、俺は彼女のあの冷徹な視線が自分を捉えていることを感じた。

もう我慢できない。

ある日、俺は決心した。仕方がない。あの校長に相談するしかない。少なくとも、あの校長なら、俺の話を信じてくれそうな気がする。

そこまで思いつめていたある朝、俺は学園の事務局から呼び出しを受けた。留学関係の書類で確認したいことがあるというのだ。

やれやれ、またか。

俺はうんざりしていた。留学というのは、手続きやら書類選考やらが複雑でややこしい。特に、俺の場合、奨学金で留学費用を持ってもらうので、やたらとあちこちに書類を書かされる。

「ごめんなさいね、何度も」

事務局を訪ねていくと、あの産休に入るという事務員が、いよいよ大きなお腹で、転がるように慌てて出てきた。

「まだ産休に入ってなかったんですね」

「実は、明日からなの。もうこんなだから、移動するのがすっかり億劫《おっくう》になっちゃって」

彼女は苦笑しつつ、書類を抱えて、渡り廊下のほうを指差した。

「一緒に来てくれる？　校長先生にもサインをもらわないと」

「校長先生も？」

ちょうどいい、と俺は思った。ついでに、時間を取ってもらって、高橋のことを相談しよう。

校長のいる館は、少し離れたところにある。

誰もいない通路を先に立って歩いていた事務員が、何かにつまずいたのか、「あっ」と叫んで、手にした書類を放り出してしまった。

地面に、書類が散らばる。

「大丈夫ですか」

「ごめんなさい、お腹で足元が見えなくて」

確かに、あのお腹では、視界が狭まるだろう。

俺が書類を拾い集めようと、彼女の隣でしゃがみこもうとした、その時である。

「聖、その女から離れなさい！」

鋭い声が背後から飛んできて、俺は反射的に、その場から跳びのいていた。

チッという舌打ちの声がして、事務員が凄い形相でスタンガンを取り出したのと、数メートル離れたところに仁王立ちになった高橋がナイフを放ったのとは、ほぼ同時だった。

高橋の放ったナイフは、バネの力で刃を射出するタイプのもので、話には聞いていたものの、その稲妻のような速度には驚いた。

ナイフは事務員の胸にまともに突き刺さり、事務員は音もなく、その場にくずおれた。

即死。

目が、びっくりしたように見開かれている。

「高橋、先生」

俺はよろけて、その場にへなへなと尻餅をついてしまった。

何が起きた？

事務員の足元に転がっているスタンガン。

この女がスタンガン？　これを、俺に使うつもりだった？

あまりの出来事に、頭がついていかない。

「やっぱりね」

高橋がつかつかと近寄ってきて、事務員のマタニティ・ドレスをめくった。

「ずいぶんとおっかない赤ん坊だわねえ」

そこにはお腹にくくりつけたビニールのバッグがあって、開きかけたジッパーから中身が見えた。ナイフや針金など、物騒なものがいろいろと詰まっている。

俺はゾーッとした。

「つまり、この人が」

「そう。あんたを狙ってたってわけ」

「先生は、いったい。俺のコーヒーに薬を入れたのは、どうして」

俺はしどろもどろになった。

「コーヒーに薬?」

高橋は怪訝そうな顔になった。

俺はゴクリと唾を飲み込み、頷いた。

「前に、見たんだ。この人と一緒に給湯室にいて、この人が出て行ったあとに、マグカップに薬を入れるところを」

高橋は思い当たったように、俺を見た。

「ああ。あんた、あれを見てたのね」

「てっきり、俺に毒を盛ったのかと」

高橋は、フッ、と小さく笑った。

「違うわ。あれは、この女が口をつけたマグカップに入れたのよ」

「え?」

「うちが開発中の妊娠検査薬でね。かなりの精度で、唾液から妊娠してるかどうかを調べることができるの」

「妊娠検査薬」

「で、あの女は妊娠していない、ということが分かった。だから、あの大きなお腹は偽装。つまり、あんたを狙っているのはあの女だと確信した。なぜ産休入りを偽装しているか？　それは、お腹に武器を隠すためと、あんたを片付けたらすぐにトンズラするため。だから、産休入りする直前に、あんたを始末しようとするだろうと当たりをつけた。そうしたら、案の定、産休入り前日にあんたを呼び出した」

俺は呆然と、事務員と高橋の顔を交互に見た。

まだ、よく話が見えていない。

が、不意に、高橋がその前に口にした台詞を思い出す。

「さっき、先生は、『うちが開発中の妊娠検査薬』と言いましたね。ということは、あなたは」

高橋は「あら、口を滑らしちゃったわ。ま、いいか」と肩をすくめてから、口を開いた。

「そう。あなたのお父さんの会社の研究員よ。といっても、よそから勉強しに来てる身分だけどね」

「フジクラ製薬グループの？」

「ええ。こんなことまでさせられるとは思わなかったけど」

「あのう、先生は、何を研究しているんですか？」

軍人、という俺の勘は、間違っていなかったのではないか。

「それは内緒」

高橋は、片目をつむってみせた。

確かに、聞かないほうがいいような気がする。

「じゃあ、先生は、俺を」

「あなたを守りに来たのよ」

「誰の依頼で？」

「あなたのおばあさん。ここ半年ばかり、創業者一族のお家騒動が激しさを増していて、水面下で皆がいろいろやっている。おばあさんは、あなたの腹違いのお兄さんの関係者が、あなたが日本を出る前に始末しようと動き出したのを察知したの」

俺はヒヤリとした。

「あなたのおばあさんは、ここだけの話、あなたをいちばんに買っているの。だから、あなたを守って、とにかく無事にアメリカに送り出してほしいと」

夢ではなかった。

全身から力が抜けていく。

やはり、俺は「墓場」に片足を突っ込んでいたのだ。

「ま、さすがにこれ以上の仕込みはないと思うけどね。それでも用心するに越したことはないわ。聖君、一緒に秋まで、ここで数学の勉強をしましょうね。才能ある聖君と勉強するのは、先生もとっても楽しい。たぶん、あなたと私がいるあいだは、あなたの先生は戻ってこないと思うし」

高橋はニッコリ笑って、俺の手をつかんで立たせてくれた。


聖はなんとなく、ホッとしていた。

「いつのまにか消える」のではなく、きちんとした転出という形で門出を見送ることができたのは久しぶりのことだったからだ。

それは他のファミリーも同様だったらしく、皆が一様にホッとした顔をしているのがおかしくもあり、恐ろしくもあった。

丁寧に聖たちにお礼をいい、「彼女」は静かにファミリーから去っていった。

が、聖は、偶然、「彼女」がまさに学園を出ていく瞬間を目の当たりにしたのだ。

あれはなぜだったろう。

何か用があって、校長の住む館に行くところだったのだ。

「彼女」はトランクを持っていた。私服に着替え、茶色のパンツスーツを着ていた。きびきびと歩き、毅然としたその横顔を見て、聖はなぜかギョッとした。

別人。

あれは別人だ。そう直感した。

「彼女」は再び名字を取り戻し、外の存在に戻ったのだ、と思った。

校長の館から出てきた数人の親衛隊の女子が、「彼女」のトランクをわざと蹴り、何やら声を掛けているのが見えた。

すると、「彼女」が「クッ」と笑ったのだ。

親衛隊が、たじろぐのが分かった。

「彼女」は親衛隊を振り向くと、とても愉快そうな顔で笑いかけた。

それは、衝撃的な笑顔だった。「快哉を叫ぶ」という言葉が頭に浮かんだ。

聖はなぜかゾーッとして、その場を動けなくなった。

親衛隊たちは気味が悪そうに顔を見合わせ、逃げるようにその場を去っていった。

「彼女」は笑顔のまま、そのまま学園を出ていった。


それから数週間後のことだ。

夜中に、火災が起きた。

あれは何のイベントだったろうか。

新入生の歓迎会か？　早春のお祭りか？　今となっては定かではないが、とにかく、園内の広場に作ってあった、花を飾った大きなテントが燃えたのだった。

いや、あれは燃えたというより、爆発した、というほうが正しい。

園内にいた誰もが爆発音を聞き、震動を感じた。

大勢が駆けつけた時は、夜空に高く火柱が上がっていて、誰も近づけなかった。

先生やスタッフが、消火栓のところに走ったが、消火ホースを持ってくる頃には、炎だけが妖しく夜空に蠢いていて、もはや大部分が燃え尽きていた。

悲鳴が上がった。

誰かがテントの中を指差している。

「テントの中に、人が」

「どうして、こんな夜中に」

「誰だ、いったい」

辺りは騒然となった。

聖は呆然と炎を眺めていたが、誰かが近くに立っていることに気付いた。のろのろとその人物に目をやる。

ゆらゆらと揺れる炎に照らし出された横顔。

あれは月のない夜のことだった――


ヨハンが立っていた。

軽く腕組みをして、立ち上る炎を、何の感情も込めずに、じっと見つめている。

そこには、純粋な興味のようなものだけがあって、実験の結果を見守っている、というふうな表情だった。

彼は、聖が自分を見ていることに気付いたのか、「ああ」とこちらを見た。

「炎って、美しいね」

彼は言葉とは裏腹に、なんの感動もない声でそう言った。

「しかも、力強い。なんでも飲み込む。時に、魂の浄化までしてくれる」

ヨハンは、そう言って、やはりなんの感情もこもっていない目で、再び炎に目をやった。

聖は、またしても動けなくなった。

ただ、その美しく、静かな横顔を見ていることしかできなかった。

テントの中で焼け死んでいたのは、校長の親衛隊の女の子二人。奇しくも、「彼女」が学園を出ていく時に、トランクを蹴った子たちだった。誰かに手紙で夜中に呼び出されたらしいのだが、何もかもが炭になってしまっていて、事情は結局分からずじまいだった――

ふと、気が付くと、ボールペンを握ったまま、ボンヤリしていることに気付いた。
聖は、もう一度窓を開けてみた。
暗黒の夜空。
いつのまにか、月は完全に見えなくなっている。
数百年ぶりの天体ショー。

聖は、月のない夜空を見上げた。

生涯、たった一度きりの。

それは、まるで彼らとの邂逅《かいこう》のようだった。

特殊な場所で、特別な時間を、特別な者たちと過ごした。

幸運だったのか、そうでなかったのか。それは分からない。人間にはせいぜい百年の時間しか与えられておらず、それ以上のタイムスパンを感じることはできないのだから。

けれど、あれが、自分にとっては大事な時間で、彼らがどんな人間であるにせよ、自分にとっては重要な人々で、今も身体の片隅で、生き続けているのだ。

そう、稀有《けう》な天体ショーのように。

聖は、そんなことを考えつつ、暗い夜空をじっと見つめ続けた。

絵のない絵本

さて、どうしたものだろう。

水野《みずの》理瀬は、一メートルほど離れたところに落ちている絵本に目をやった。

子供が落としていったのだろう。落ちた拍子に開いたページがそのままになっている。

夜の風景。外国の街並みの上に月が浮かんでいる。淡い色彩の絵本だった。ちょっと変わった判型で、正方形をしている。

全く、ついてない。

視線を下げると、サンダルからはみ出ている爪先が目に入った。

ガラスの破片でやられたのか、切れて血が出ている。痛みはなく、もう血は固まっていた。

理瀬は声を出さずに溜息をついた。やっぱりサンダルという履物は危険だ。いざという時に素早く動けない上に、露出部分が多すぎる。

よく見ると、サンダルの肌に触れる部分にも血が滲んでいて、どす黒いシミになっていた。きっと、洗ってもこのシミは取れないだろう。明るいペパーミント・グリーンのサンダル。新調したばかりで気に入っていたのに。

日本を離れ、イギリスで生活基盤を作り直し、無事大学にも進学できた。慌しい日々だったが、ようやくひと息つけて、久しぶりにのんびりできるヴァカンスになると思いきや、まさかこんなことになろうとは。

生き延びろ。そのために何ができるか考えろ。

ふと、祖母の声が蘇る。

おまえにはどうすることもできないことで思い悩むな。結果に意味を求めるな。ただし、経験からは必ず何かを得て教訓とせよ。

子供の頃はあまり深く考えなかったし、何度も言われて聞き飽きてしまい、祖母と暮らした最後のほうは完全にスルーしていたけれど、こうしてみるとあの声が身体に刷り込まれていたのだと気付く。同時に、今の不測の事態に、自分が軽く思考停止状態に陥っていたことにも。

やれやれ、ともう一度音もなく溜息をつく。

そうね、おばあちゃん。あれくらいのことで思考停止になるとは、情けない。

同時に、ネガティブな言葉を口に出してはいけない、という祖母の言葉も思い出した。口に出さなかったとはいえ、さっきは「ついてない」などと考えてしまった。かといって、あまり恵まれた状況とは言いがたいことも確かだが。

理瀬はそっと薄暗い廊下を覗きこんだ。

と、ズシン、という重く鈍い衝撃があり、反射的に頭を引っ込める。

パラパラと天井と壁のカケラらしきものがそこここで落ちてくる。

また、砲撃か爆発があったようだ。さっきよりは遠い。

日本の外務省のホームページで見た危険情報を思い浮かべる。常にきな臭い紛争の火種を抱え込んでいる中東諸国との国境に接する地帯は当然レベル4（速攻で退避。近寄るべからず）だが、首都を含む西部の県はレベル1（十分に注意）だったはず。エーゲ海に面したこの辺りは国でも一、二を争うリゾートだ。住民のほとんどが観光産業に従事し、海外からのお客もひじょうに多い。現に、理瀬が泊まっているこのホテルも、こぢんまりした個人の邸宅風のホテルだが、見たところ宿泊客はほぼ外国籍だった。

紛争がらみとは考えにくい。国内事情のほうか？　長らく世俗主義で成功してきた国だが、近年、新政権は露骨に宗教原理主義への回帰に舵を切っている。民間の反政府組織が観光産業に打撃を与えて政府に抗議する、というパターンは古くからよくある話だ。そちらなのだろうか。

サックスブルーのサブリナ・パンツの上の砂を払った。

全く、あんな見え見えの難癖ばかりつけてないで、とっととEUに加入させていれば、これほどまでの宗教原理主義への揺り戻しはなかっただろうに。もっとも、あの誇り高き欧州が、美味いクロワッサンくらいでオスマン帝国に対する積年の恨みを手打ちにするとも思えないが。

ポケットにあった携帯電話を開いてみた。

かろうじて短いアンテナが一本立っているが、どこにも繋がりそうにない。やがて、そのアンテナも消えて、「通信サービス無し」状態になってしまった。近隣エリアの基地局がやられたのかもしれない。あるいは、皆が情報を求めてアクセスが殺到し、輻輳《ふくそう》現象でパンクしたか。

携帯電話を手に取った時、一瞬、ヨハンに迎えに来てもらおうか、と考えた。呼べば、彼は万難を排して来てくれるだろう。彼女が救援を要請するのは、よほどヤバイ状態に違いないと考えるだろうからだ。

が、アンテナが消えたのを見て、頼まなくて良かった、と考え直した。果たして今の状況が本当にヤバイのかどうか分からない。ただじっと事態の収拾を待っていれば、それで済む話かもしれない。

救急車は、本当に必要な人が、本当に必要な時にだけ呼ぶべきだろう。

理瀬は携帯電話を閉じてポケットに戻した。

教訓。ふと、考えた。

最後に日本で過ごした、長崎での出来事の教訓は、なんだろう。

そっと涙を拭っていた亘の背中を思い出す。

善良なる者は恐ろしい。そんな言葉を思い浮かべる。

損得勘定では動かず、思いがけない行動を取るからだ。あれは大きな教訓だった。

他には——? そう、違和感には、必ず理由がある、だろうか。

もうちょっと早くその意味に気付いていれば、危険に身を晒《さら》すこともなかったのだ。

次は気をつけよう、と彼女は頭を上げた。

さっきの爆発の後、遠くから複数の悲鳴が聞こえてきたが、今はすっかり静まり返っている。

従業員を探そう。

*

ホテルに到着したのは二日前の午後だった。

いかにも隠れ家風の、こぢんまりとした、南国のホテル。

植え込みに囲まれた長い小道を抜けたところに現れる、小さな噴水のある中庭。その奥のロビーには、チェックインを待つ何組かの客がいて、それなりに部屋が埋まっていることが窺えた。

真ん中のソファに、家族連れが座っていた。

金髪の上品で穏やかそうな女性が、膝の上に載せた三歳くらいの女の子に、絵本を見せてやっている。女の子はおとなしく絵本に見入っているが、耳に補聴器を着けていた。難聴なのだろうか。

父親らしき背の高い男性は、携帯電話でボソボソと長いこと英語で話しこんでいた。表情が険しいので、どうやら仕事関係の電話で、しかもあまり明るい話題ではなさそうだ。開襟シャツにバミューダ・パンツという寛《くつろ》いだ格好に全くそぐわぬ、殺伐とした空気を身にまとっている。

別のソファには、いかにも倦怠期という雰囲気の中年夫婦。どちらの顔にも笑みがなく、どことなく気だるい空気が漂っている。思い出したように言葉を交わしているが、その会話は最小限。ドイツ語のようだった。

更に、もうひと組のカップルがいた。こちらはいかにも恋愛初期っぽくイチャイチャしていて、これみよがしのブランド物の服とジャラジャラ着けた金ピカのアクセサリーが、些か悪趣味だ。男性は四十~五十代だが、女性はまだ二十歳そこそこ。「訳あり不倫カップル」という感じだ。言葉の響きはスラヴ系。ロシア、あるいは東欧からの客だろうか。

理瀬は、運ばれてきたウエルカム・ドリンクを飲みながら、次々とチェックインを済ませて部屋に消えていく客たちを見送った。

落ち着いた女主人風のマネージャーが宿泊カードを持ってきた。

結い上げた褐色の髪に、日本の簪《かんざし》が挿してある。

「お待たせしました」とニッコリ笑う。

「リタ・カスパートソン様？」

「はい」

「本日から五泊のご滞在ですね？」

「はい」

「ご予約いただいたお連れ様から、宿泊するのは二名様とお聞きしていますが？」

「はい。連れは別のところから直接来るんですけど、なんだか仕事でトラブルがあったらしいんです。明日——ううん、もしかするともう一日合流するのが延びるかもしれません」

「あら、それは残念ですねえ」

「いつもそうなの。慣れてるわ」

理瀬は肩をすくめた。

「承知しました。どうぞ、ごゆっくり」

「まだヴァカンス・シーズンにはちょっと早い気がするけど、人気の宿なんですね。ひょっとして満室だとか？」

「小さいホテルですからそう見えるかもしれませんけど、まだお部屋はありますよ。アットホームな雰囲気をお楽しみください」


部屋に案内される途中で、真っ黒に日焼けした、いかにも屋外活動をしている、という雰囲気の、灰色のリネンのシャツを着た六十歳くらいの男性とすれ違った。

浅黒い顔の従業員が、「ハイ、先生」と声を掛けると、馴染みらしくしばし言葉を交わし、「ランドリーを借りるよ」と廊下の奥を指差した。

クイーンズ・イングリッシュ。イギリス人だ。

「先生？」

理瀬が何気なく尋ねると、「イギリスの大学の先生です。海のほうでエトルリア文明の遺跡を掘っているそうです」と教えてくれる。

なるほど、考古学の教授か。いかにもそんな感じだった。どこの大学かしらん。エトルリア文明は、ローマの先史時代の文明だけど、この辺りにも遺跡があるのだろうか。

案内されたのは、二階の角部屋だった。

そんなに広いわけではないが、居心地のよい、すっきりしたデザインの部屋だ。小さなバルコニーには、ゆったりしたテーブルと椅子が二脚置いてあり、ここでルームサービスを摂《と》ったら気持ちいいだろう。

開放感があって、海が近いことを予感させる景色である。バルコニーの外を見下ろすと、木々のあいだに、少し下がったところにあるプールが見えた。そんなに大きなプールではないようだ。早速、プールサイドで寛いでいる水着のカップルが目に入る。あの、ブランド物とアクセサリーじゃらじゃらの二人だ。

理瀬は部屋に戻った。

海水浴も日焼けも願い下げだが、この陽光溢れるリゾート地の空気は非日常感があって素敵だ。せいぜい、読もうと思って溜めていた本を読んだり、音楽を聴いたりして、のんびり過ごそう。それが本来の目的なのだし。

理瀬は、スーツケースから衣装をクローゼットに移し、本を取り出して部屋の隅の書き物机に載せた。

ゆったりした紫色のジャージー・ワンピースに着替え、サンダルに足を突っ込んだ。本の山から一冊取り、読む場所を探して一階に下りてゆくと、さっきの補聴器を着けた女の子が、中庭にしゃがみこみ、おはじきを弾いて一人で遊んでいた。

少し離れたところで鉄製の椅子に座ったあの上品な母親が、ぼんやりと女の子を眺めている。

女の子が弾いたおはじきに勢いがついてしまい、理瀬の足元まで飛んできてコツンとサンダルに当たった。

彼女がこちらを見たので、理瀬はおはじきを拾い上げ、女の子のところに歩いてゆき、前にしゃがみこんで「はい」と渡す。

「パパはどこに行っちゃったのかな?」

聞こえているのかいないのか、女の子は無表情のまま、理瀬からおはじきを受け取り、また弾いて遊びだす。

「パパはお部屋でお仕事の電話」

母親が、ぼんやりした表情を崩さずに呟いた。

理瀬が彼女を見ると、肩をすくめる。

「人に聞かれたくない話をするから、私たちに部屋を出ていてほしいんですって」

「誰もかれも、リゾートに来るより仕事をしたいみたいね」

「あなたの彼氏もそう?」

「ワーカホリックで、久しぶりの休暇なのにやっぱり来るのが遅れそう」

二人で共感の目配せを交わす。

母親は、理瀬が手にした歴史学の本を目で示した。

「あなたこそ、そんな難しそうな本を読んでて休暇になるの？」

理瀬は小さく笑う。

「少なくとも俗世とは離れられるでしょ」

「確かに」

「プールに行かないの？　そんなに大きなプールじゃないけど、お嬢さんが水遊びをするにはちょうどいいみたい」

母親はゆるゆると首を振る。

「この子は身体が弱くってね。今もちょっと風邪気味でご機嫌斜めなの。水遊びはさせられないわ」

母親がちらりと娘に送った視線を見て、補聴器があるから水に入れないのかもしれない、と思った。

「お待たせ、戻っていいぞ」

空から声が降ってきた。

見上げると、二階の回廊になった廊下から、「お仕事の電話」をしていた父親が手を振っている。

「入室許可が出たわ」

母親が呟き、作り笑いで手を振り返す。

「私はアンジェラよ。ええと、あなたは」

彼女は腰を浮かせつつ、理瀬に手を差し出した。

「リタよ」

軽く握手を交わす。

「じゃあね、リタ。願わくば、こんな素敵なお嬢さんをプールサイドで一人待たせている罪な男に、天罰が下らんことを」

アンジェラは冗談めかして軽く十字を切った。

微笑みあったあと、彼女は声を張り上げる。

「アンジェリーナ！　いらっしゃい」

少し遅れて女の子がこちらを向いた。自分の名前を呼ばれたことに気付いた、というよりは、母親の気配を感じたようだ。やはり、あまりよく耳が聞こえないらしい。が、急にパッと笑ってこちらに駆け寄ってくると、母親にしがみついた。それまでずっと無表情だったのでそうは思わなかったが、笑うと花が咲いたようでとても可愛らしい。

「あら、甘えんぼさんね」

「二人の愛の結晶よ」

アンジェラはそう呟き、少女の手を引いて二階に上がっていった。少女が理瀬をチラリと振り向いたので、「ばいばい」と手を振ると、少女も手を振り返す。


一人中庭に残り、俗世から離れて歴史の世界に遊んでいた理瀬だが、少しして「あのう」と遠慮がちに声を掛けられた。

見ると、中庭の入口にひょろっとした黒髪の白人男性が立っていて、こちらを見ている。

「すみませんが、先生を見ませんでしたか?」

「先生? 男性ですか、女性ですか」

「年配のイギリス人男性で、あごひげが生えてて」

男は身振り手振りで尋ね人の体型を説明する。

「ひょっとして、遺跡を掘っているという先生ですか？」

「あ、そうですそうです」

仲間のようだ。やはりよく日焼けして、服がなんとなく砂っぽい。

「一時間ほど前に廊下を歩いているところをすれ違いました」

「どこに行ったかご存じですか？」

「ランドリーを借りるとおっしゃってました」

「ランドリー？」

男がきょとんとしたので、理瀬は立ち上がって先ほど「先生」とすれ違った廊下に行き、近付いてきた男に廊下の奥を指差した。

「ランドリーがどこかは知りませんが、そちらに行きましたよ」

「ありがとうございます」

男は会釈して、そそくさと廊下の奥に消えていった。

先生といい、彼といい、どうやらこのホテルには遺跡発掘団が逗留しているらしい。

理瀬は中庭に戻ると、本の続きに戻った。

ペタペタと足音がして、ビーチサンダルを履いた「倦怠期の夫婦」が、水着にシャツを羽織り、気だるくプールへの小道に入っていく。

相変わらずピクリとも笑わない二人だ。

理瀬は、じっと二人の後ろ姿を見送った。

お天気もいいし、素敵なホテルなのだし、もうちょっと楽しそうにしてもよさそうなものだ。まあ、休暇の楽しみ方は人それぞれではあるが。

歴史に没頭しているうちに、日が暮れてきたので、大きく伸びをして部屋に戻ることにする。風呂に入り、ルームサービスで夕食を摂り、再び本を読んでいるうちにいつのまにか眠ってしまった。


翌朝、レストランで朝食を摂ろうと地下まで降りた。このホテルは、斜面に建っているので、地下一階がプールサイドに面したレストランになっているのだ。

「昨日はどうも」

と、声を掛けられ、隣のテーブルでコーヒーを飲んでいる二人に気付く。

遺跡を掘りに来た「先生」と、「先生」を捜しにきた男性である。昨夜は風呂に入って着替えたのか、二人ともこざっぱりとしていた。

「あら、おはようございます」

理瀬は会釈した。

「誰だね？」

「先生の行き先を教えてくれたお嬢さんですよ」

「ご一緒しても？」

理瀬が尋ねると、男性が立って理瀬の椅子を引いてくれた。

「発掘団の皆さんは、このホテルに逗留してらっしゃるんですか？」

「海外から来てる我々はね。逗留といっても、普段はテント生活なので、ここにひと部屋ずっと借りていて、交替で風呂に入ったり、洗濯したり、あちこちに連絡したりしに来てるんだよ」

「なるほど、そういうわけだったんですね。ちなみにどちらの大学ですか？」

名前を聞いて、理瀬はびっくりした。

「あら、私もそうです」

「そいつは奇遇だね。学生さんだったのか。専攻は何だね？」

「美術史です」

「おお、じゃあアジャートン教授は知ってるかい？」

「もちろん。教わってます」

「世間は狭いな」

ひとしきり話が盛り上がったところで、若いほうの男性が腕時計に目をやり、そわそわし始めた。

「先生、そろそろ遺跡に戻らないと」と促した。

「そうか。お嬢さん、楽しかったよ。明日は、一緒に遺跡を掘ってるうちの学生がここに休みに来るから、よろしく。あなたと同じくらいの歳だ」

「まあ、こんなところで会えるなんて」

「じゃあ、我々は行くよ。ごきげんよう」

「ごきげんよう」

二人を見送って部屋に戻ろうとすると、アンジェラの一家と、派手なカップルが出かけるところに出くわした。観光に行くのだろう。

ならば、と今日はプールサイドで本を読むことにした。

あの辛気臭い夫婦が現れて、やはり黙ったまま置き物のようにプールサイドでカクテルを舐めている。

互いに一度も口をきくことなく、だらだらと時間が過ぎた。


この日もシャワーを浴び、再びルームサービスで食事を摂っていると、ノックの音がした。

「はい」

立ち上がり、ドア越しに「どなた？」と尋ねる。

「リー？」

若い男性の声がしたので、驚く。

「アンドリューなの？」

「そうだよ。遅くなってごめん。君の好きなピスタチオのマカロン、買ってきたよ」

理瀬はドアを開けた。

眼鏡を掛けた、すらっとした栗色の髪の青年の姿がある。

「やあ、リー」

「思ったよりも早かったのね。着くのはもう少し先になるかと思ってた」

「こちらも。思ったより仕事が捗ったのさ」

青年はニッコリ笑った。


二人で一階に下りると、中庭とロビーはラウンジになっていて、今はバータイムのようだった。テーブルの上のキャンドルの火がそこここでゆらゆら揺れている。

アンジェリーナと、遺跡発掘団以外の宿泊客が全員集合しているようだ。

アンジェラが理瀬に気付き、サッとアンドリューを値踏みするのが分かった。

理瀬が会釈すると、「早く着いてよかったわね」というように小さく頷く。

二人で隅のソファに腰掛け、ウイスキーを飲みながらここ数日の互いの報告をしていると、困惑した顔の従業員が中庭にやってきて、テーブルのあいだをそそくさと回っている。

皆が、左右に首を振るのが見えた。

理瀬のテーブルにもやってきて、「お客様の中にスピンドルさんはいらっしゃいますか？」

と小声で囁く。

「いいえ」と二人で首を振ると、「ですよね。名簿にもないし」と従業員は頷いた。

「どうしたんですか？」

「いえね、ここに滞在しているスピンドルさんを呼び出してくれという電話が掛かっていまして」

「呼び出しですって?」

「今どき?」

理瀬とアンドリューは顔を見合わせた。誰もが携帯電話を持っているのに、滞在先のホテルに呼び出しの電話を掛けるというのは珍しいのではないか?

二人はきょとんとして、あたふたとフロントに戻っていく従業員を見送った。

が、急いで退場した者がもうひと組いた。

あの、派手な格好の二人、先ほどまで大声で笑い、お酒をガンガン飲んでいたカップルである。特に、男性のほうは目つきが変わっていた。これまでのご機嫌な様子がすっかり消えて、むしろ青ざめているのではないかと思われたほどだ。

別の従業員に呼び止められ、慌てて伝票にサインをすると、逃げ出すように部屋に戻っていく。

その様子を見ながら、理瀬とアンドリューは再び顔を見合わせた。

翌朝、明け方掛かってきた電話でアンドリューは長いこと話をしていたが、朝食もそこそこに、出かける準備を始めた。

「出かけるの？」

ねぼけまなこの理瀬が尋ねると、アンドリューは興奮を抑えた顔で頷いた。

「うん、うまくいけば今日中にケリがつくかもしれない」

「健闘を祈るわ」

「ありがとう。君は幸運の女神だよ、リー」

アンドリューは理瀬の額に軽くキスをして、足早に部屋を出て行った。

二度寝した理瀬は、少々寝過ごしてしまった。

ほとんど動いていないので、おなかも空いていない。今朝は、朝食はパスしよう。のろのろ起き出し、部屋に備え付けになっているコーヒーを飲み、置きっぱなしになっていた、少々しなびたウエルカム・フルーツをつまむ。

今日は何をしようか。少し散歩をして、おなかを空かせなければ。なんなら、どこかに出て昼食を摂ってもいいかもしれない。

そんなことを考えながらシャツとサブリナ・パンツに着替え、帽子をかぶって部屋を出て、階段の踊り場に出たとたんに、突然、つんざくような巨大な爆発音がしてホテルが大きく揺れ、踊り場の窓ガラスが吹き飛んだのだった。

*

「誰か、いますか?」

不意に、声がしたので、理瀬は身をかがめた。

「いたら、返事してください。皆さん、無事ですか?」

ぶっきらぼうなイギリス英語。

速足でやってくる足音。

階段の踊り場の下に隠れていた理瀬は、声のするほうに目をやった。

後ろで髪をひとつに三つ編みにした、若い娘がやってくるのが見えた。

「ここに、一人いるわ」

観葉植物の陰から手を振った。

「大丈夫？」

小走りにやってきた彼女と、目が合った。

真っ黒に日焼けした顔。洗いざらしの、砂っぽいシャツ。

「ひょっとして、あなた、遺跡掘ってる学生さん？」

「あっ、あなたが教授が話してた、アジア系のうちの大学の人？」

ほぼ同時に口を開いたので、声が重なりあう。

二人でハッとして、やはり同時に笑った。

なんとも豪快な笑顔の子で、真っ白な歯が眩しい。その笑顔に、ひと目で引き込まれた。

「あたし、アリスよ」

「あたしはリ」

名乗ろうとして、理瀬は、ここでは別の名を名乗っていたことを思い出した。

「ええと、日本の名前は発音しにくいので、リーと呼んで」

「リー、ね。分かった。さっきの爆発、凄かったわね。あっ、ガラスが付いてる」

アリスは目ざとく、理瀬のシャツの上できらきら光っているガラスの破片に気付き、手に持っていた軍手で払ってくれた。

「ありがとう、大丈夫よ。踊り場の窓ガラスが割れて降ってきたの。あれはなんの爆発だったのかしら?」

「分からない。今朝遺跡を出て、ここに車で向かってる途中で爆発した」

「見たの?」

「煙が上がるところは見たわ。なんなのかは分からなかったけどね」

「砲撃かと思ったわ。後でもう一度、小さな爆発があったじゃない?」

「ああ、あったね。最初の爆発で残ってた火薬が誘爆したんじゃないかな」

この子はやけに落ち着いてるな、と理瀬は思った。

爆発の内容を冷静に分析しているのは、考古学者の卵だからかしらん。

「ク、クーデターです」

フロントのほうから、浅黒い顔の従業員が転がり出てきた。

「クーデター?」

声を揃えて聞き返すと、彼は混乱した顔で、オフィスを指差す。

「今、ＴＶでやってます。首都で、軍の一部が蜂起したとか」

「××カラで?　マジ?」

三人でオフィスに飛び込むと、ＴＶにはぼやけた映像が映っている。

戦車らしきものが繁華街を走っているが、周りに人が殺到していた。

「あちゃー、こりゃマズイ。ホントにやっちゃったか」

アリスが思い切り顔をしかめた。

「何がマズイの」

理瀬が尋ねると、アリスは暗い目になった。

「これが、大統領の強権発動の口実にされるってことよ」

「さっきの爆発も、このクーデターと関係あるのかしら」

「まあね。同時にやろうとして、失敗したか、間違えて爆発させちゃったってところじゃないかな。そもそもが大した規模の組織じゃないでしょうし」

理瀬は思わずアリスに目をやった。

「詳しいのね」

「遺跡掘るには、その国の内情にも通じてないとね。発掘って、社会情勢がけっこう影響するから」

「なるほど」

「マネージャーはどこ？」

アリスが従業員に尋ねると、彼は大きく首を振った。

「いないんですよ。さっきから探してるんですけど、どこにも」

「他のお客さんは無事かしら？」

理瀬が天井を見上げると、彼はまたしても首を振った。

「お客さんもいなくなっちゃったんですよ。今朝の朝食、お子さん連れの皆さんだけで、あとは誰も来なくて」

「どういうこと？」

理瀬とアリスは顔を見合わせる。

「寝てるのかしら？」

「寝てたにしても、あの爆発音じゃ起きてくるでしょう」

「ねえ、他のお客さんの無事を確認したほうがいいわ。もしかして、怪我してるかもしれないし」

「そ、そうですね」

従業員は慌てて二階に上がっていった。

「なんだか、人がいなくなる日ねえ」

アリスが呟いた。

「え？」

「実は今朝、教授の助手もいなくなっちゃったのよ——早朝、テントから出ていったらしいの。荷物もなくて、もぬけの殻」

「ええっ？　教授と一緒にいたあの人？　黒髪でひょろっとした？」

「そうなの。もしかして、ホテルに戻ったのかしらと思って、どのみちあたしは今日はホテルに来る予定だったから、早めに来てみたんだけど」

あの男性が？　なぜ？

その時、突然、彼が中庭の入口で声を掛けてきた時のことを思い出した。

ランドリー？　そう言って首をかしげた彼の顔が浮かぶ。

なぜ？　理瀬は自問自答した。

違和感——そう、あたしは違和感があったものを覚えている。

中庭の家族連れ。笑って駆け寄ってきたアンジェリーナ。

違和感。あたしは、違和感を覚えていた。あの時も、この時も。

経験からは必ず何かを得て教訓とせよ。

教訓——違和感には、必ず理由がある。

突然、ギャーッという凄まじい悲鳴が上がり、理瀬とアリスはハッとして声のほうを見た。

「死んでる」

従業員が目を見開いて、よろよろと二階から降りてくる。

「誰が？」

「お客さんが、部屋で。ご夫婦、二人とも」

「なんですって」

いったいこのホテルで何が起きているの？

「何があった？」

従業員が転がるように降りてきたのとは反対側の階段の上に、アンジェラ一家が、かばいあうようにしてそっと出てきた。

「さっきの爆発――今、誰かが死んでるって言ったよな？」

妻子を片手で抱き抱えるようにして、青ざめた顔で父親が尋ねた。アンジェラとアンジェリーナも真っ青だった。

「あたしたちも、何がなんだか」

こちらの三人は、混乱して首を振るだけだ。

が、父親の表情がみるみるうちに固くなり、憎悪に似たものが膨れ上がった。

「チクショウ」

父親がサッと隠れていた右手を上げる。

皆がギョッとした。

その手に拳銃が握られていたからだ。

突然、バン、という音がして、父親の肩が爆ぜた。

後ろにのけぞり、その場にくずおれる。

「えっ」

後ろから、バタバタと誰かが駆け込んでくる。防弾チョッキを着けた、警官のような装備の男たち。

「なんなの？」

「クーデター？」

彼らは理瀬たちの後ろを通り過ぎ、一目散に父親を取り押さえ、彼の妻子を保護した。

静かなホテルが一転、黒ずくめの男たちでいっぱいになった。

「リー？」

理瀬はハッとした。

男達の一人がゴーグルを外し、溜息をついた。

「アンドリュー」

「すまない。まさか君を巻き込む羽目になるとは。お父さんになんといって詫びたらいいか」

アンドリューが青ざめた顔で頭を下げた。

教訓――おいしい話には裏がある。

理瀬が父親から、「アルバイトしないか？」と声を掛けられたのは半月ほど前のことである。

ようやく大学に慣れて、ひと息ついたのを見越したかのような申し出だった。

T国のリゾートホテルで、のんびり一週間ほど過ごしているだけでいい。ただし、同伴者がいる。そこには、カップルということで泊まってもらう。もっとも、向こうはゲイなので、そちらの心配はない。「ピスタチオのマカロン」が、初対面の二人の合言葉。

別にゲイでなくてもいいわよ、と理瀬は応えた。もしかして気が合うかもしれないし。

父は苦笑し、向こうは捜査中だから、そんな暇はないだろう、と言う。

捜査中？　どういうこと？

理瀬が聞き咎めると、「持ちつ、持たれつさ」と父はウインクしてみせた。

父の話はこうだった。

父や兄が祖母の再婚相手の連れ子である梨南子《りなこ》の財産を洗っていた時、彼女の口座にとある企業からの不審な入金を発見した。その企業が、ヨハンと敵対する関係にある組織のひとつだと気付いてから、父たちは注意深くその企業を調べてきた。その企業は、世界各国で巨額の資金洗浄をしている上に、好ましからぬところに資金を提供していることを突き止めた。ここを叩けば組織が弱体化することに目をつけ、父はその情報を売ることにしたのだ。

どこに？

父は、最初はごまかしていたが、理瀬があまりにも強く追及するので、渋々打ち明けた。

ＩＲＳ。泣く子も黙る、アメリカ内国歳入庁さ。

理瀬は仰天した。アメリカ国税庁。内外のアメリカ人から税金を徴収することを使命とする、凄腕の省庁である。

そんなところとつきあって、うちが目をつけられたらどうするのよ。

もちろん、うちからの情報だなんて分からないように、何重にもフィルターを掛けてある。

父はそう言って、説明を続けた。

そのキーパースンたる人物が、その期間、そのホテルに滞在するという情報をつかみ、捜査官を送り込むことになり、協力することになったらしい。カップルならばカムフラージュになる。ホテルは、組織の連絡場所になっているとも疑われているため、できれば関係者も一緒に取り押さえたい。なので、理瀬はホテルの滞在客を観察して、自分の感想を捜査官に報告するだけでいい。

かくて、偽名を使い、捜査官との合言葉を決めて、カップルとしてホテルに泊まり、理瀬は優雅なヴァカンスを過ごす——はずだったのだが。

ＴＶでは、首都でのクーデターが未遂に終わった、というニュースを繰り返し流し続けていた。

アンジェラの夫は身柄を拘束され、救急車で病院に運ばれた。

彼との連絡員を務めていた、考古学教授の助手とホテルの女主人風マネージャーもつかまっていた。彼らは彼らで、捜査の手が伸びていることを知ったらしく、逃げようとしていたのだ。

違和感の正体はこれか。

理瀬は、助手が中庭に入ってきた時のことを思い出した。

ホテルに交替で泊まっているのならば、ランドリーの場所を知らないはずがない。あの時、とっさに場所を知らないふりをしたのは、理瀬に席を立たせて、彼に背を向けさせ、彼が中庭に入るためだ。きっと、噴水にでも連絡メモが隠してあったに違いない。

昔ながらのアナログな連絡方法のほうが、このご時世、秘密を守れる。

部屋で死んでいたのは、あの暗い雰囲気だったドイツ人夫婦で、大量に睡眠薬を飲んでの自殺だった。借金まみれで金貸しに追われており、新婚旅行先だったこの国を最後の滞在場所に選んだらしい。

あの悪趣味なカップルの男は、ロシア系反社会組織の金庫番で、長いこと組織のカネをちょろまかしていたようだ。本名で呼び出されたあの電話で、それがバレた上に居場所を把握されていることを悟り、こちらもまた夜明け前にホテルをすたこら逃げ出したというわけだ。アンドリューたちは滞在客の素性を調べ上げていたが、この使い込み男は今回の捜査対象には入っていないので、後は追わないそうである。

捜査員は、夫の荷物を押収し、アンジェラとアンジェリーナも事情聴取のために連行するという。

荷物をまとめ、警官に付き添われて階段を降りてきた二人に、理瀬は廊下に落ちていた絵本を差し出した。

アンデルセンの『絵のない絵本』。タイトルと矛盾している。

「忘れ物よ」

アンジェリーナが絵本を受け取る。

アンジェラが「ありがとう」と微笑んだ。

「結局、私たちの相手はどちらもヴァカンスじゃなくて、ずっと仕事中だったってことね」

「そうみたい」

「あなたはヴァカンスを続けるの？」

「いいえ、そんな気分じゃなくなったし、帰るわ」

「元気でね」

「あなたも、アンジェリーナも」

警官に促され、二人は歩き出した。

「さよなら、リセ。会えて嬉しかったわ」

理瀬はハッとして、遠ざかるアンジェラの背中を見た。

彼女は振り向かない。が、アンジェラに手を引かれたアンジェリーナがこちらを振り向き、小さく手を振った。ばいばい。理瀬ものろのろと手を振り返す。

彼女はあたしの本名を知っていた？　なぜ？

違和感。

そうだ、あたしはあの時も違和感を覚えた。あの時も、アンジェリーナがあたしに手を振った。あたしと彼女は会話を交わした。

甘えんぼさんね。

二人の愛の結晶よ。

そう、彼女の言葉に違和感を覚えたのだ。

二人の愛の結晶よ。

あれは、どういう意味で言ったのか。父と母との愛の結晶？　いや、そうではなく

——


アンジェリーナ。

アンジェラとリーナ。

アンジェラと梨南子。

理瀬は愕然とした。

彼女は、自分と梨南子の名前をくっつけて、娘の名前にしたのだ。

不意に、あの日の梨南子の声が脳裏に蘇った。

彼女も素晴らしいのよ。あなたに見せてあげたい。彼女とはなかなか会えないけれど、あなたを始末すれば、もうすぐ会って貰えるの。

理瀬はゾッとした。

アンジェラは、あたしを始末するつもりだった？　もしかして、このアルバイトは仕組まれていた？　罠を掛けられていたのは、父とあたしのほうだったの？

背中を冷や汗が伝う。

教訓。

今回の教訓はなんだろう。なんだと思う、おばあちゃん？

理瀬は、もはや誰もいない中庭の奥の小道を見つめたまま、じっとその場に立ち尽くしていた。

プロフィール

恩田 陸（おんだ・りく）

1964年宮城県生まれ。早稲田大学卒。

1992年、日本ファンタジーノベル大賞の最終候補作となった『六番目の小夜子』でデビュー。2005年『夜のピクニック』で吉川英治文学新人賞、本屋大賞を、2006年『ユージニア』で日本推理作家協会賞を、2007年『中庭の出来事』で山本周五郎賞を、2017年『蜜蜂と遠雷』で直木賞と本屋大賞をそれぞれ受賞した。

初　　出

水晶の夜、翡翠の朝……『殺人鬼の放課後　ミステリ・アンソロジーⅡ』（角川スニーカー文庫）

麦の海に浮かぶ檻……『謎の館へようこそ 黒 新本格30周年記念アンソロジー』（講談社タイガ）

睡蓮……『蜜の眠り』（廣済堂文庫）

丘をゆく船……書き下ろし

月蝕……「小説現代」2023年1・2月合併号

絵のない絵本……「小説現代」2022年10月号

単行本化にあたり、加筆・修正いたしました。

「水晶の夜、翡翠の朝」は『朝日のようにさわやかに』（新潮文庫）、「睡蓮」は『図書室の海』（新潮文庫）を底本としました。

JASRAC出 2309890-301

夜《よ》明《あ》けの花園《はなぞの》

第一刷発行　二〇二四年一月二九日

著者

恩田《おんだ》 陸《りく》

発行者　森田浩章

発行所　株式会社 講談社

本文データ制作　講談社デジタル製作

装画　北見 隆

装丁

印刷所　株式会社ＫＰＳプロダクツ

製本所　株式会社 若林製本工場

KODANSHA

〒112-8001 東京都文京区音羽2-12-21

【電　話】　出　版　03（5395）3505
販　売　03（5395）5817
業　務　03（5395）3615

ISBN 978-4-06-533139-2 N.D.C.913 239p 18cm